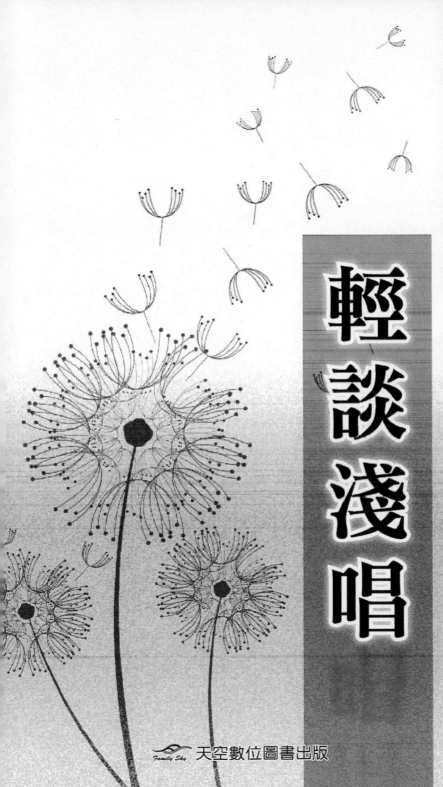

輕談淺唱

李維、汶莎、倪小恩、君靈鈴 合著

Family Sky 天空數位圖書出版

目錄 —— 李維

獨愛藍色	07
無法形容的神奇氣味	09
沒有不可能	11
窗外的麻雀	13
小黑與小白	15
秋天的楓紅	17
油菜花田的魅力	19
梅花的魅力	21
風鈴木的魅力	23
運動健身還是傷身？	25
玩耍還是玩命？	29
吵贏了就真的贏了嗎？	33
騙自己還是別人	37
愛他還是害他？	41
消遣還是墮落	45

輕談淺唱

目錄　　　汶莎

河畔閒散	49
蒲公英的獨白	53
寧靜夜光下的狼	57
柳葉細語	61
雙牆	65
獅子的溫柔	69
長大後的夢想	73
愛是詩詞也是歌	77
分崩離析的世界	81
最後的我愛你	85
思念的形式	89
雲朵幻想	93
蠍子的極端	97
戰爭與和平	101
閃亮的星	105

目錄  倪小恩

聽歌的進化   **109**

深夜電台   **111**

樓上的鋼琴聲   **113**

那位歌手   **115**

巷口的阿嬤   **117**

祈願的天燈   **121**

疫情   **123**

關於遺憾   **125**

過往的華麗幻想   **127**

交友軟體   **129**

所謂的青春   **131**

人生方案   **133**

掃墓   **135**

衝動   **137**

步調快與慢   **139**

輕談淺唱

目錄 —— 君靈鈴

心情銀行	141
多餘	145
有必要嗎？	149
找樂子	153
不正	157
偏偏	159
死不承認	161
態度	163
職業道德	165
以退為進	169
不懂裝懂	171
念念不忘	173
僥倖	177
不自量力	179
既來之，則安之	183

獨愛藍色

文：李維

這個世界色彩繽紛，但每個人都會有各自喜歡的顏色，即使可能有人喜歡很多色，但總會偏好當中的一兩種顏色的。

我就是喜歡藍色，不論是淺藍、深藍，總覺得很美。如藍色天空，這就代表了晴朗。雖然海水很多人容易認為是綠色的，但你到台灣的東海岸看看，整片太平洋都藍色的，實在是太美麗了。

如果談到珍貴的東西，藍寶石是寶石當中我覺得最美的一種顏色，看到晶瑩剔透的藍色，那種迷人實在難以形容。

足球場上呢？有不少球隊都是用藍色作為主場，剛剛奪得 2020 歐洲國家盃冠軍的義大利，就是藍色球衣的，綽號就是：「藍衣軍團」，在亞洲同樣有支足球強隊用藍色作主色，就是日本隊，綽號：「藍武士」，當然，全球有二百多個國家，用藍色為主色的國家隊不少，較著名的還有法國、烏拉圭、阿根廷（藍白）。

至於世界各地的球隊更不用說了，藍色的球衣非常多，如英格蘭的切爾西、艾佛頓、曼城等等，義大利的接齊歐、國際米蘭（藍黑）、西班牙的巴塞隆納（藍紅）等等。

社交網站臉書都是用藍色作主色，還有汽車品牌標誌，如福斯、寶馬、福特及富豪等。

藍色也會聯想到比較寒冷的色調，會有些憂鬱感覺，不過，晚上弄一些藍色氣氛燈時，會感覺很浪漫，還有我最愛穿的牛仔褲，都是藍色為主色的啊！種種原因之下，讓我就獨愛藍色了。

李維

無法形容的神奇氣味

文：李維

　　這世上有一種奇特的東西，稱為氣味。氣味是看不到、摸不到、用不到，但卻偏偏存在的一種東西，又無法拿來分析。

　　當你聞到一種菜色香味，你會忽然覺得肚子餓，聞到廁所的味道，你會想吐。氣味可以影響到人生活中的每一個範疇，例如在你喜歡的香味下，無論你是要工作或是休息，心情都會開朗。又例如，在一個侷促的環境下，充滿著汗臭或霉氣味道，你就不會想在這裡多留一會了。

　　氣味還會因每個人而產生不一樣的感覺，就像榴槤，喜歡吃的人會說很香，很好味，不喜歡的人卻覺得很臭。還有一些人，身上會有一種氣味，喜歡的便是體香，不喜歡就變成臭孤了，到底因什麼原因而導致，每個人對氣味的喜惡，真的無從稽考。

　　氣味還有一個更神奇的現象，就是回憶的氣味。在某種氣味下，你會回想到曾經聞過這種氣味，會聯想到當時發生過什麼事。這些情況更是難以形容，更能去解釋，而且，回憶會突然之間出現。像有時聞到一種特別的汽油味時，會想起小時候，跟家人去中國旅行，那時在中國到處都是這種味道。

　　又例如，聞到一種樹的香味，會突然想起，上次到哪裡效遊時，曾經聞到過這種味道。又或是，在逛百貨公司時，突然聞到一些糖果味，又會想起童年時，曾經嚐過這種糖果，也想起了童年的一些生活。

　　所以說，氣味真的是無法形容的神奇物質。

李維

沒有不可能

文：李維

　　記得多年前，有一個運動品牌的宣傳句語：「沒有不可能」。看似只是一個廣告術語，但想深一刻，其實充滿哲理。

　　每一個人，無論是多麼的博學多才，所知的事情總是有限，也總會有些事情是不懂，不懂的事情便會產生很多的不可能，但事實是，這世上有幾乎所有事情都沒有不可能的。

　　當事情沒有發生的時候，只代表還沒有發生，也代表你預測不到會發生，並非代表真的不會發生。預測不到會發生，只證明你知道的範圍還沒有涵蓋到那個位置，不懂得那個知識範圍的事而已。

　　就像很多年前，當柏林圍牆倒下的前一刻，這世上很多人都無法預料，原來那面圍牆是可以倒的。蘇聯政府滅亡前一刻，同樣也沒有多少人可以預料得到。原來一個政府要倒台，可以是突如其來，說倒就倒。

　　當然，發生任何事情，都必定有原因，這正所謂因果報應，有果必有因，那是因為之前種下的因，自然會出現相對應的果。未能提早預料得到，就是對因沒有透徹的了解，這也可以引申到，能夠預測得到未來的一些事情，必定是某一方面的專家，能夠憑著因，就可以預測得到果。

　　所以，有時候談到一些事情或一些預測，真的不用太武斷，太過斬釘截鐵的，畢竟這世上實在太多事情，我們都無法預測，而最重要的是，我們沒有那麼大的能力，都能料事如神，但還是要記著開首的一句話：沒有不可能。

李維

窗外的麻雀

文：李維

輕談淺唱

　　炎熱的夏天午後，天空烏雲密布，接著下起傾盆大雨，是典型的午後雷陣雨，窗戶的方向傳來有東西撞上玻璃的聲音，是一隻淋濕的麻雀，牠似乎受到驚嚇，動也不動地，一向調皮的小男生，忽然變得很有愛心，打開窗，伸手將麻雀抓進屋裡，準備了一個鳥籠，但沒關門，把鳥籠放在三合院的客廳，讓麻雀好好休息。

　　第二天中午，麻雀的羽毛乾了，男孩正想幫他準備水，結果麻雀在男孩面前飛走了，男孩問母親，麻雀還會回來嗎？媽媽說：在窗戶旁邊放一點穀類，麻雀應該會被吸引，於是小男孩天天在窗外放一些穀類，經過了十多天，男孩想放棄了，因為麻雀並未如願出現，幾個月過去，男孩還是天天做同樣的事，在窗外放一些穀類，期望麻雀能再回來。

　　那是一個要冷不冷的秋冬之際，早上七點，只蓋著薄被的男孩，蜷縮著身體，陽光已經灑進他的房間，忽然間，熟悉的麻雀聲，從窗戶的方向傳來，男孩揉了揉眼睛，確定是麻雀在窗外，他興奮地跳起來，本想衝過去的他，想起祖父的話，於是躡手躡腳地慢慢爬向窗戶，他成功的隔著玻璃，近距離看著一隻麻雀在吃東西，調皮的男孩好像忽然長大了，不再調皮，開始認真念書，並從學校借了幾本關於鳥類的書籍，之後連續三年都拿到全班月考第一，多年後，他將長鏡頭裝在單眼相機上，拍到了數百種的鳥類。

李維

小黑與小白

文：李維

　　小黑是條全黑的狗，主人雖然很愛牠，但總是不在家，所以小黑總是在家門口，苦等主人的歸來，換得主人的稱讚與美味的晚餐。但主人出門後，牠可不是一條乖巧聽話的狗，牠擅自將地盤擴大到直徑五百公尺，經過牠的地盤時，牠便狂吠不止，甚至還會追機車、追小孩，造成小女孩的陰影，附近的大人受不了，拿起木棍朝小黑猛打，直到牠躺在地上，流了一地的血。

　　小白是條全白的狗，主人並不愛牠，也總是不在家，所以小白總是在家門口，對著每個經過的人搖尾巴，換得關愛的撫摸與美味的一餐。牠需要的是關愛，所以被小黑嚇壞的小女孩，也很喜歡小白，她鼓起勇氣，伸出手撫摸著小白的頭，還有下巴，小白差點沒搖斷尾巴，一路跟著小女孩回家，但牠的命運跟小黑一樣，被亂棍打死。

　　小女孩很傷心，質問父親為什麼打死小白？父親答道：我以為牠要咬妳。父親保護女兒的出發點雖然是對的，但未免太過火了，不論是對小黑或小白，兩隻小狗，都死在父親的棍下，那血腥的畫面，顫抖直到死去的小白，深深印在小女孩的腦海裡，直到幾十年後，她仍然會夢到小白，絕望的眼神看著她，或許是因為些許的愧疚，她收養了一隻白狗，樣子跟小白很像，也很疼牠，從此不再夢見小白的死狀，也不再夢中驚醒。

李維

秋天的楓紅

文：李維

　　早年在資訊不發達的狀況，各種旅遊的情報幾乎都是靠報紙，或是雜誌、旅遊書籍等，好不容易安排了時間，費盡千辛萬苦到了現場，景色不如預期是非常正常的。那是二十多年前的秋冬之際，他的女友拿著報紙，吵著要去奧萬大看楓葉，他說沒有寒流楓葉不會紅，但女友還是不放棄，結局可想而知，就是敗興而歸。

　　寒流在三周後真的來了，他打算給女友一個驚喜，於是兩人在周末的晚上住在台中的旅館，一大早便驅車前往奧萬大，走了一大段路之後，兩人口乾舌燥的，一下子就喝光了準備的水，過了吊橋就是著名的楓林，兩人非常興奮，但到了楓林，卻有點失望，因為楓林的範圍有點小，原來以前就流行「照騙」了……！雖然葉子已經通紅，透過陽光的照射更美，也既然來了，就玩得痛快吧！

　　隨著資訊越來越透明，兩人也越來越會玩，幾乎玩遍知名的賞楓景點，對於行程的安排也越來越棒，情投意合的兩人感情非常穩定，終於結婚、生子，當兒女都大學畢業，兩人決定舊地重遊，再到奧萬大一趟，不過連續兩年都沒有寒流，於是他們決定把目標轉到宜蘭太平山，那裡的楓葉不需要寒流就會紅，因為平常的溫度就很低，這一趟，他們沒有失望，對於喜愛大自然的他們，太平山簡直是天堂，處處是美景，處處有驚奇。

李維

油菜花田的魅力

文：李維

　　每年年底到隔年三月，是屬於油菜花的季節，無論是西部的彰化、台中、苗栗，還是東部的花蓮、台東，油菜花田總能吸引無數的旅客，有些遠道而來，有些順道停在路旁，甚至有人遠渡重洋，千山萬水不辭勞苦到大陸雲南羅平，花了許多金錢跟時間，只為一睹一望無際的黃色花海，究竟油菜花的魅力何在？

　　先說說西部的花田，大部分都只是支離破碎的農田種的，就算面積不小，也很難與壯觀兩個字沾上邊，除了台中的忘憂谷之外，忘憂谷中的建築物很少，很適合拍照，也有制高點可以拍攝全景，是中部最棒的賞花景點。而東部的油菜花田跟忘憂谷類似，不過背景是湛藍的天空，或是翠綠的中央山脈，加上空氣品質較好，所以年年都能吸引許多人朝聖。

　　至於大陸雲南羅平的花海，不只是遠近馳名，每年砸大錢飛到該處的知名攝影師大有人在，壯觀還不足以形容此處的美，金雞峰附近的花搭配的是矮山，牛街鄉的花田則以梯田著名，九龍瀑布附近的花海又是另一種味道，光影、顏色、線條、老屋、炊煙，怎麼拍怎麼美，爬上高處，又是另一種美，因此吸引許多空拍愛好者前來朝聖。徐志摩的「數大便是美」，說的就是羅平花海的這種美，不需萬紫千紅，只要一片黃，點綴著綠葉與藍天，就能讓人忘卻煩憂，只想在此停留。

梅花的魅力

文：李維

梅花是中華民國的國花，因有著三蕾五瓣，象徵三民主義跟五權憲法，其他寓意不再贅述。台灣種植梅花的地方頗多，但有著大面積，且交通方便的可以說是沒有，因此網路上所流傳的那些賞梅景點，真的是要做足功課，也許千辛萬苦，才能玩得盡興，而不是敗興而歸。

或許是台灣平地不下雪的原因吧！無論是李花、桐花、梅花，這幾種白色系的花，都有著不少的粉絲，在樹下，飄落的花瓣彷彿下雪，在高處看著整片的梅花，像是已經下過一場雪，而它的香味，能帶給人一種莫名的好奇心，隨著香味找尋梅花的所在，自古以來，無數詩人都為梅花寫過詩，包括陸游、王安石、姜夔、杜甫、李清照、李白、杜牧、蘇軾、王維、李煜、鄭板橋、張九齡、白居易、孟浩然、李商隱、劉禹錫、柳宗元等等。但最知名的梅花詩句卻是黃檗禪師的上堂開市頌：

> 塵勞迥脫事非常，
> 緊把繩頭做一場。
> 不經一番寒徹骨，
> 怎得梅花撲鼻香？

這麼多著名詩人寫過梅花詩，其魅力已經無須再用什麼華麗的詞藻跟文章去形容。

台灣目前最負盛名的是南投信義鄉的梅花，有多處景點並各有特色，台中新社大林國小附近也有，但其實還有多處梅園，只是不適合發展觀光，受限於地形關係，只能把它當成農作物，產出的各種梅子產品也大受歡迎，是健康食品的一種。

李維

風鈴木的魅力

文：李維

　　過完年，當大家還沒心情上班時，又多了一個不上班的理由，就是去看黃花風鈴木，這些年來，政府跟民間在不少地方栽種風鈴木，多半是公園跟行道樹，因此在交通方便的情況下，吸引了無數朝聖者，而因為花期不常，加上不耐雨襲，往往下過一場雨就滿地落花，真的是如龔自珍的詩所言：「落紅不是無情物，化作春泥更護花」。

　　正因為可以觀賞的時間不多，所以在各種社交媒體上就會瘋傳風鈴木的照片，照片一登上去，就會吸引更多人去觀賞，把公園變成了攝影棚，網美一個接著一個，深怕自己沒拍到，就這樣持續了幾年後，賞花的風氣逐漸形成，甚至有人整理了各種花卉的花期與地點，帶來的是資訊爆炸的紅利和災難，畢竟有些地方路小、停車不易、會車不易、沒有餐廳、沒有廁所。

　　拜科技進步所賜，近年來相機或手機的夜拍功能越來越好，高感光度帶給了攝影師更棒的創作體會，剛入夜拍的照片非常吸引人，因為此時的天空是深藍色的，不需要上腳架就能拍出非常美麗的風鈴木照片，當第一組照片上傳後，模仿者有如過江之鯽，不出三天，臉書便被風鈴木的夜拍照洗版。但其實粉紅色的紅花風鈴木更美，像是千百隻粉紅色的貴賓狗掛在樹上，也像是不同風格的櫻花，也有人說是粉紅色的棉花糖，這麼美，以後肯定會繼續吸引很多人去觀賞的。

李維

運動健身還是傷身？

文：李維

適度的運動，正確的運動，都是有助身體健康的，但有很多時候，我們過度的運動，錯誤的運動，結果造成了運動傷害，輕者短時間復原，重者一輩子都要承受傷痛，因此要如何適度的運動與正確的運動？成為運動前的功課，千萬不要小看，做對了，六十歲還能慢跑十公里，做錯了，四十歲就無法爬樓梯，隨著年齡增長，可能出現更多的問題，想運動了嗎？先把功課做足了才出門。先找出自己在哪一個等級，就像念書一樣，是幼稚園小班？還是大學？或是博士？因為不同的等級會有不同的運動強度，如果沒有循序漸進，一不小心就會受傷。

朋友的公司流行假日騎自行車，他也跟著買了一部價值不斐的自行車，年近五十的他，多年來都在工作上努力，很少劇烈運動，剛買車就跟同事來個往返百公里的遠征，騎到三十公里就已經氣喘如牛，好不容易騎到折返點，他停下來休息、喝水，看起來沒什麼問題，不過他太渴了，一口氣把水喝光，硬著頭皮騎回去，還剩二十公里左右，他突然抽筋，倒在馬路旁，一陣天旋地轉，醒來的時候是在醫院的急診室，其實也不是多嚴重的事，就是單純的電解質失衡造成的，補充足夠的電解質就能夠恢復。

但是案情沒有這麼單純，他的大腿肌肉拉傷了，醫師的處理方式注射消炎藥跟止痛藥，這讓他以為痊癒了，十幾天後又跟著騎難度更高的上下坡，這次，他又受傷了，而且是相同的位置，再度注射消炎藥跟止痛藥，其實這次有傷到膝蓋旁邊的韌帶，因為止痛

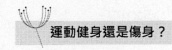
藥的關係，讓韌帶受傷的問題延後了幾天才發現，從此以後他經常會覺得膝蓋無力，多次差點跌倒，多爬幾階樓梯，舊傷又會復發，因此他必須常常到骨科復健，不過效果有限。

不只小白會受傷，老選手更容易受傷，他們的傷有幾種狀況，一是舊傷，而且會莫名其妙出現在特別的角度或姿勢。二是熱身不足，很多時候，足夠的熱身很重要，偏偏在不足得狀態下必須承受身體的極限，這時就很容易受傷。三是為了追求成績，超過了身體平常承受的強度，也許單次的成績很漂亮，但後遺症恐怕不小，甚至從此無法回復水準，多少年輕的選手因此斷送自己的運動生命。出門運動之前，還有一項功課，那就是該穿什麼鞋子？不同類型的運動需要不同的鞋子，千萬別逞強，穿錯鞋子的代價可能會跟著你一輩子，無法擺脫，也難以治療。

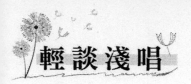

輕談淺唱

李維

玩耍還是玩命？

文：李維

　　自從政府開放重型機車，自撞或撞死人的新聞時有所聞，但喜愛飆車的人依舊前仆後繼，不分年齡，他們的行為不只是危害自己，還可能波及旁人，而同樣也是飆車的族群，還有改裝車以及超跑，無論是在山路還是高速公路上，也同樣是社會新聞的常客，也許他們不在乎自己的生命，只在乎自己是否快樂，但馬路不是專門為他們而開的，一旦失控，死傷的可能不只是他們，還有無辜的用路人。

　　無論是看了動漫《頭文字 D》？還是《玩命關頭系列》電影而愛上飆車的，又或者有其他的原因，都不該忽略飆車的風險。我知道很多重機騎士都在爭取上高速公路的路權，我也經常在台中的快速道路上遇到重機，其實讓他們上去不是問題，只不過他們太不守法，限速八十公里的路段，我開八十左右，他們從身旁呼嘯而過，才幾秒就消失在眼前，時速應該超過一百五，萬一前面有塞車的狀況，肯定無法煞住。

　　還有一群人是專門在跑山路的，山路的特色就是沒有紅綠燈，不過山路的風險是看不到的路段太多，首先是落石的問題，高速轉彎如果壓到落石，基本上就是摔車或撞車，再來就是施工，如果施工單位沒有在直線區域設立警示，那麼飆車者很容易撞上，第三種通常發生在假日，山路在假日會比較多車，原本想要飆車的人耐不住性子，超越中心線超車，甚至彎道也在超，運氣好可能不是好事，因為夜路走多必定遇到鬼，彎道超車多了必定會撞車，山路不像賽道沒有對向來車，最後一種是判斷錯誤，也是經常發生，以

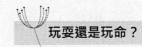

為高速過得去的轉彎，失控自撞，甚至飛出公路範圍，也許斷手斷腳，也許掉進河裡淹死，也許強烈撞擊造成內出血而死，總之會有很多種可怕的死法或是受傷。

　　為了幾秒鐘的玩耍與快感，卻要承受一輩子的殘疾或是直接死亡，萬一受害的還有無辜的人，這帳該怎麼算？賠人家一條命？一輩子照顧他？賠錢真能了事嗎？萬一賠不起，該怎麼辦？下次當你油門轉到底或是踩到底之前，先想想可能的後果，這短短幾秒的快感，真的值得用一輩子的殘疾去換？真的值得用你寶貴的生命去換？先想想那些愛你的朋友跟家人，或許你就會把速度放慢！

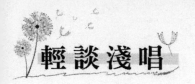

輕談淺唱

李維

吵贏了就真的贏了嗎？

文：李維

　　吵架，是不好的，能夠溝通就透過溝通來解決紛爭，走上吵架一途通常不會有太好的結局，因為吵架意味著理智線會斷掉，什麼難聽的話都可能說出口，相互用言語傷害對方，除了傷害雙方的情感，也傷害了身體，就算有一方認為自己吵贏了，他真的贏了嗎？不是因為另一方不想吵下去了嗎？當他沾沾自喜地以為贏了，卻沒想到他已經失去一位朋友，或許暫時看不出來，但兩人的情誼確實越來越淡，甚至變成敵人，處處跟他作對。

　　夫妻吵架是很常見的，如果是真心愛著對方，床頭吵床尾和不無可能，但如果愛已經漸漸逝去，或是已經有備胎介入，那麼吵架很可能會成為離婚的導火線。她看起來很溫柔，但對丈夫卻是很強勢，說起話來不留顏面，終於丈夫開始跟她吵架，她以為自己吵贏了，丈夫會繼續乖乖聽話，可是隔天丈夫下班沒回家，打電話也不接，等到半夜，丈夫醉醺醺地回家，她又開始喋喋不休，丈夫一拳就打中她的胸口，她跌倒之後撞到桌角暈了過去，醒來之後已是凌晨五點，她站在床頭，默默看著呼呼大睡的丈夫，流下了眼淚，那個對自己百依百順的丈夫已經不在了。

　　兄弟姊妹之間吵架也是常見的，有些人吵完之後還能夠維持情感，但不是人人都有這樣的肚量，如果家長未能處理好，那麼一家人的感情就可能出現裂縫，甚至在爭奪財產時就會毫不留情，看起來不像是一家人，反而像是仇人，最後不歡而散，鬧上法院，但清官難斷家務事，法官還是希望他們庭外解決，因為雙

方都沒有足夠證據證明自己的話，越鬧越僵的狀況下，兄弟倆老死不相往來。

　　願意跟你吵架的人，有可能是非常要好的人，出於關心，迫於無奈才出言不遜，但出發點絕對是為你好，不管說的有沒有道理，但絕不是為了傷害你才吵的。但有些人不識抬舉，把朋友當成敵人，說什麼都聽不進去，最後不止眾叛親離，也落得慘敗收場。他是個直銷商，朋友勸他要實話實說，不可以欺騙客戶，不可以隱瞞價格偏高的事實，結果兩人開始吵架，結果當然是朋友沒了，客戶也沒了，他妄想客戶不會比較產品，不會比價，不會上網查詢資訊，這種一開始就想要騙人的心態，讓他的朋友心寒，直接斬斷兩人的關係。

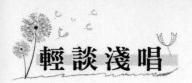
輕談淺唱

李維

騙自己還是別人

文：李維

　　以前聽說日本的小鋼珠店是上班族的避風港，怕被妻子唸，怕被瞧不起，說是準時下班，沒有上進心或是不被重用，結果花了不少錢在小鋼珠店，所以越加班錢越少？謊言被戳破之後，夫妻的感情還能維持嗎？之前也聽說過下班後躲在網咖吹冷氣的，結果公司臨時需要他，直接打電話到家裡，卻沒找到他，雖然沒有跪算盤，但夫妻之間的裂痕日益擴大，搞到最後還是離婚收場。

　　她是個小職員，平常搭公車上下班，但因為喜歡跟同事比較，比誰的男朋友帥？比男朋友送的東西多少錢？這天，有人戴了一克拉的鑽戒，還拿出了證書，這下她慌了，恰巧在網路上發現莫桑石很像鑽石，而且兩克拉只要幾千元就買得到，她興沖沖地下訂單，也在幾天內就拿到，於是就戴著上班，並在上廁所洗手時故意讓同事看到，卻被另一個同事戳破，還調侃她，說只要八百元就能買到一模一樣的款式跟重量，並出示網路畫面，這讓她顏面盡失，並被笑了幾天，於是她憤而辭職，幾個月後，她背著一個幾十萬的包包，在百貨公司外面跟前同事偶遇，同事直接嘲笑她，說是不是又背了仿冒品，這次她沒有反擊，只是冷冷地回答：「這是剛從百貨公司買的」，並從容的拿出發票、信用卡簽單，前同事覺得這不太可能造假，摸摸鼻子說再見。

　　他是二手車行的洗車員，老闆總是把剛買的車交給他整理，當然，鑰匙也會交給他，每次老闆不在店裡，他就會約他喜歡的女孩，並把好車開出去約會，

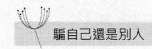

女孩以為他很富有,當然就會希望到高級一點的餐廳,一次也就罷了,每次都這樣,他的收入可無法負擔,於是他假裝錢包沒帶,要女孩先付錢,那次之後,他便搞失蹤,因為他不敢接女孩的電話,那一餐可是將近一萬元,他騙了女孩,但女孩打聽到他的工作場所,也遇到正牌的老闆,女孩這才發現他是個窮光蛋,還欠老闆二十多萬,所以在那裡洗車還債。

　　人最糟的是無法面對真正的自己,是富人就是富人,是乞丐就是乞丐,但總有人要職員充老闆,瘦子充胖子,當謊言被戳破之後,除了難堪,還可能會吃上官司,進去牢裡吃免錢飯,得不償失,但這個洗車的人,出獄後還是故技重施,搞得另一個老闆非常生氣,於是聯絡許多同行,將他列入黑名單,讓他連洗車謀生的機會都沒有了。

李維

愛他還是害他？

文：李維

　　很多家長都會寵小孩，家事自己來，小孩從來都不需要掃地、拖地、晾衣服、丟垃圾，甚至連他自己的衣服都不用整理，都幫他摺的好好的，該吊掛的全都掛好，就差沒有茶來伸手、飯來張口而已，上學專車接送，就算只有幾百公尺，也不讓他走路去，什麼都幫小孩打點好，這樣對待自己的小孩，到底是愛他還是害他？

　　我們不可能照顧小孩一輩子，有個朋友的父親已經年邁，所以就很多毛病，經常需要去醫院，或是直接住院，這是讓小孩長大的好機會，讓他自己照顧自己，這時他才發現自己的小孩很脆弱，不會燒開水、洗衣服、掃地，附近有什麼吃的也不知道，甚至文具要去哪裡買都不清楚，給他錢吃飯，竟然天天跑去便利商店買東西吃，還好及時發現問題，否則不知道什麼時候會吃出問題，這裡指的是營養。經過一番調教，小孩算是懂事不少，因為他至少知道祖父需要照顧，所以必須獨立一點了，從此自己會幫忙洗衣服、掃地，也會幫父親買便當，上學也都自己走路去，不會再要求父親開車載他。

　　但不是每個小孩都能很快地長大，朋友的友人跟他抱怨，說女兒上了貴族學校之後，變成了另一個人似的，衣服、鞋子都要買名牌，手機要買蘋果最新的機種，連他的車子都被嫌，希望由豐田換成賓士，小孩不懂賺錢不容易，以為貴族學校的家長都很有錢，自己的父母親也很有錢，於是樣樣都要用最貴的，這個家長很寵小孩，所以小孩的要求照單全收，後來女

兒大學畢業之後，奢侈的行為依舊，於是賺的錢不夠花，常常跟他伸手要錢，直到女兒三十歲那年，他再也無法負擔，公司將他裁掉，他也沒有老本了，因為女兒求學階段，他早已將大部分積蓄花掉，包含了一部賓士。

　　跟上一段的女兒同校的一個女孩，她的家境真的很好，父親是上市公司大股東，什麼都滿足她的要求，基本上都沒問題，金錢上的自由，讓她肆無忌憚的揮霍，直到她染上毒癮，忙碌的父親並不知情，反正就無限制的供應金錢，當警察上門抓人，他才知道自己的女兒不只是吸毒，還拿那些錢販毒，由於罪證確鑿，女兒被判刑十五年，至少要服刑八年左右，而另一個年齡較小的兒子也因為姊姊販毒而吸毒，必須送去勒戒。

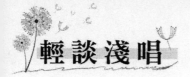

輕談淺唱

消遣還是墮落

文：李維

　　無論是那一種方式消遣，最好還是要控制花掉的時間、金錢，當花費的時間超過一個臨界值，可能會讓人丟掉工作、跟親人關係疏遠、因為沒有工作而造成收入問題，最後導致家庭破碎，如果是學生，會造成學業荒廢，也許無法畢業或是延後畢業時間，也會造成家長與學生之間的關係緊張，因此，在選擇所謂的消遣時，要特別注意一件事，自己能否自制？如果無法自制，一心一意只想要消遣，那很可能會毀了自己，甚至家庭，不可不慎。

　　無論你現在是玩手遊？PS5？XBOX？Nintendo Switch？應該都有一種相同的感覺：「我要過關！下一關一定很好玩！」於是把所有能用的時間都擠出來，那怕只有多十秒可以玩，甚至犧牲睡眠、休息、洗澡、吃飯的時間，最後連工作或是上學的時間也犧牲了，跟老婆或女友之間的話少了，兩隻眼睛一直盯著螢幕，根本不把她們放在眼裡，連兒子的聯絡簿也不簽了，到最後，老婆幾點出去？或是回來？吃飯了沒有？都不知道，如果有以上情形，哪天老婆或女朋友投入他人的懷抱，是非常有可能的事，而這一切的主因，就是太過於沉溺在遊戲中，忽略了現實。

　　他為了紓壓而開始迷上手遊，偶爾會在上班時間偷玩，在不影響工作的狀況下，老闆只是點他一下，沒有斥責，但最近公司的事情多了，有些要趕著要，他就沒辦法在上班玩了，於是下班後，他把時間擠得一點都不剩，完全投入遊戲中，妻子苦勸，但被忽視，凌晨三點半，他覺得累了，這才發現妻子不在床上，

但已經沒有精力的他，直接就大字形躺平，醒來的時候已經接近中午，幾次之後，老闆只好請他另謀高就，至於妻子，乾脆搬回娘家住，等他開口離婚。

　　事情沒有這麼快就結束，失業的他，仗著還有十幾萬的存款，沒有很積極的去找工作，整天待在家中繼續玩遊戲，半年過去，積蓄用盡，索性把車子賣了，打算騎車上班，不過已經完全掉進泥沼的他，又這樣玩了一年，也離婚了一年，於是又把房子賣了，租一間小套房，足不出戶，幾年過去，他的眼睛因為長期盯著手機，近視眼非常嚴重，也產生了白內障，而因為三餐都亂吃，營養不良，也很少曬太陽，骨骼出現問題，當他發現自己駝背時，也只不過四十歲，此時的他已經彈盡糧絕，必須找工作才能活下去，但已經人不像人的他，能否找到工作？找到工作能否認真做？還是依然故我，下班後又掉進泥沼中？

汶莎

河畔閒散

文：汶莎

午後日落西沉時分，
總愛在河畔散步，
思索著。

早上被工作占滿了時間，
也占滿了腦袋，
唯有下班才能好好放空，
給自己喘息的時間。

看著在河畔草地上，
玩著拋接球的父子，
覺得一片詳和。
思索著，
自己何時也能像這樣，
與自己的孩子玩拋接球呢？

看著河堤上騎著腳踏車，
與我擦身而過的人，
覺得體力真好。
思索著，
自己何時才能有動力，
拾起家裡的健身器材開始運動呢？

看著笑臉盈盈的夫婦，
向我迎面走來錯身而過，
覺得真是幸福。
思索著，
自己何時才能找到，
適合自己的伴侶相扶一生呢？

在河畔散步，
總是能遇到各式各樣的人，
每個人都有著自己的故事。

而我自己的故事又是什麼？
回想著，
自己近幾年來的人生，
除了睡覺、上班，
偶爾回老家與父母相聚，
似乎沒有了。

突然覺得自己的人生好貧脊，
除了工作以外，
似乎沒有其他事情值得回憶，
似乎沒有其他事情值得歡笑，
似乎沒有其他事情值得與他人說道。

而我又開始，
思索著。

思索著自己的生活，
思索著自己的工作，
思索著自己的人生。

我找了片乾淨的草地，
望著潺潺流動的河川，
望著來來往往的人們，
突然驚覺，
自己的生活少了興趣，

除了河畔閒散勉強算是，
但……似乎好像還少了些什麼。

我思索著…
我思索著…
我思索著。
為了讓人生活的更有意義，
我決定去探尋新的興趣。

汶莎

蒲公英的獨白

文：汶莎

我浸淫在濕潤的、綿軟的土壤裡，
在黑暗中，沉寂著。
我綣縮在細長的、堅硬的長殼裡，
在黑暗中，等待著。

忽然，

聆聽到雷聲的鳴響，
感受到雨季的來臨，
我努力的伸著懶腰，
我用力的擊破長殼。

我盡力的伸長軀幹，
我撥開層層的土壤，
探頭望著一抹光亮，
刺眼的感受著成長。

微風為我稍來春天的賀詞，
鳥兒為我訴說同伴的消息，
陽光為我灑下成長的細語，
梅雨為我滋潤乾涸的肌膚。

成長的喜悅讓我吐露綠意，
時間細數著我的葉脈，
在夜晚獻上滿天星斗為我喝采，
邀請著月光擁我入懷，
呵護著我。

帶著大家的愛，
慢慢茁壯。

蒲公英的獨白

心懷著感謝與感激，
決定以最美的姿態回應。

在風光明媚的早晨，
我綻放最美的花朵。
澄黃的顏色，
亮眼的引人入勝。

蝴蝶從遠方飛來，
欣賞著我的豔麗丰姿。
蜂蜜從遠方飛來，
採集著我的香甜蜜汁。

此時，

我感受到生命的胎動，
我默默的收起花瓣，
保護著新生的喜悅。

陽光溫暖著我，
給予了勇氣。
細雨滋潤著我，
給予了養分。
微風擁抱著我，
給予了希望。

我感受到，
又一次的被大自然眷顧。
輕聲的向它們訴說著我的感謝，
也叮嚀著勿忘初衷的感恩。

時間帶領著我再次綻放，
微風帶領著它們離開我，
說著：不用擔心，我會帶他們到更好的地方安身
立命。
我拖著淚已流盡的乾癟身軀，
低著頭微笑地享受著死亡的孤寂。

汶莎

宁静夜光下的狼

文：汶莎

攀上潔白月光的尖角，
數著黑夜背上的繁星，
我坐在最靠近月亮的地方，
望著底下閃爍的城市光點。

隔著大樓吹彿的風，
大得讓人心寒。
涼得讓人清醒。
我隱身在黑影之中，
靜看著這世界的一切。

外表看似光鮮亮麗，
裡頭卻是深不見底，

呼呼的風聲，
將城市的喧囂一吹而散。
皎白的月光，
將城市的醜惡羅掘一空。

所以我喜歡在月光皎潔的日子執行任務，
因為可以照亮隱藏在黑暗中的惡，
讓人望眼欲穿，
看清惡的醜陋。

我就像是一匹狼，
隱藏在月光的暗影下，
蓄勢待發。

看著目標物眉開眼笑的模樣，
心裡不知懷了多少鬼胎，
笑裡不知藏了多少把刀。

我舉起手中的長槍，
靶心對準那笑得緊迫的眉稍，
隨著子彈的飛去，
頭上瞬間開出豔紅的牡丹，
笑容隨著僵直的身軀，
倒在一片血泊之中。

隱身於黑暗的我，
滿意地在嘴角勾起一抹笑，
為這世界多了一分潔白，
而歡慶著。

法律處理不掉的渣，
心裡抹滅不掉的傷，
人道不容允許的惡，
需要靠冷血的鐵砲清理乾淨。

已數不清在這樣的黑夜裡，
掃除了多少的醜惡，
我已數不清在這樣的黑夜裡，
擦亮了多少的無瑕。

在每一次完成的任務裡，
都能找尋到內心的一份安穩，
而再一次接到新的任務，

輕談淺唱

卻是讓我感嘆這世道的人們，
有多麼的骯髒。

厭惡著這世界的惡，
同時，
也期待著正義的曙光，
將我拯救。

柳葉細語

文：汶莎

輕談淺唱

柳枝低垂散葉低吟，
流水潺潺應聲附和，
綠風颯颯聞歌起舞。

烈日波光閃現，
花朵爭奇鬥豔，
綠葉綻放青翠。

為這美好的春分準備好舞台，
為人們獻上動人的青春謳歌。

但……
柳樹的心情卻不然，
與歡騰的氣氛相反的是，
它佝僂的身形透露著長嘆的苦悲。

低吟著的不是歡愉的歌聲，
而是看盡人生百態的絕望。
滿綠的散葉送去的是白子飛絮，
離別的痛苦夾雜著新生的期盼，
未來的不安包含著自身的愛護。

隨風飄散的白絮有如雪花般，
為這舞台點綴的有聲有色，
在此起彼落的歡笑聲中，
卻無人問柳樹心中的哀。
僅能低垂在河畔，
細數著內心的痛。

伴隨著聲聲的唉嘆，
唉……為什麼你們要離我而去？
唉……為什麼你們離去的這麼乾脆？
唉……不知離去的你們是否能安好？

小河似乎聽見了它的唉嘆，
「怎麼了？來跳舞吧！別唉聲嘆氣了！」
綠風似乎聽見了它的唉嘆，
「在這麼歡愉的氣氛，別這麼掃興！」
陽光似乎聽見了它的唉嘆，
「讓我溫暖你的心吧！一起快樂起來吧！」

沒有人願意傾聽柳樹的心聲，
沒有人願意傾聽柳樹的焦躁，
沒有人願意傾聽柳樹的苦悲。

看著大家歡愉的樣子，
內心愈是沉重，
不知不覺腰低的愈發低沉，
不知不覺柳枝低的愈近地面。
「啪！」的一聲，
全場空氣凝結，
柳樹折斷了自己的腰，

在短暫的寧靜之後，
伴隨著綠風的舞動，
場面又再度活躍起來。

乏人問津的柳樹，
就這樣結束了它的一生。

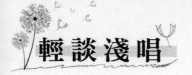

雙牆

文：汶莎

想靠近你卻又被一道牆給阻隔，
我靠在牆邊，
大聲訴說著對你的情意，
而你卻假裝聽不見，
沉浸在自己的小小世界。

我努力的爬上那道牆，
而你卻冷眼不聞，
當我以為能翻過這道牆，
靠近你時，
你卻狠狠的將我從高牆上推落。

我氣憤的在牆外叫囂著，
將心中的委屈與不平，
一傾而下，
而你卻緩緩的跟我說，
「我們需要一點距離。」

於是我放棄了積極主動，
我給予了你所謂的「距離」。

我也築起了一道牆，
把自己關在裡面，
像你一樣，
沉浸在我的小小世界裡。

不時我會感受到牆外的視線，
我想這是你的好奇心在表達關心的方式，
經過一段時間，
我實在難以忍受一個人的世界，

我決定將牆鑿穿一個洞，
讓自己遠遠的望著你。

不時丟著噓寒問暖，
不時丟著關心問候，
不時丟著體貼關懷。

你似乎被我的熱情所打動，
看著你爬出牆外走向我的身影，
我頓時間覺得所有的一切，
都付出的很有價值。

你在洞口的另一邊，
向我訴說著你的故事，
我靜靜的傾聽著。

你在洞口的另一邊，
向我打探著我的故事，
我靜靜的訴說著。

日復一日，
你幾乎每天都會翻過牆來，
與我談天說地，
頓時間覺得這一刻好幸福。

有一天，
你拿起鋤頭將自己的牆鑿了一個大洞，
也將我的牆鑿了一個大洞，
你說你想跟我在一起，

卻又想保有自己的空間，
於是我答應你。

當我們思念彼此的時候，
就穿過這個洞，
享受兩人時光。

獅子的溫柔

文：汶莎

印象中的獅子就是雄壯威武，
站在陸上動物的食物鏈頂端，
以王者之姿，
統領著所有的動物。

或許是受到迪士尼「獅子王」的影響，
對於獅子的形象總是代表著堅強、剛毅。
同時也有著殘忍、兇狠的標籤，
貼在牠們身上。

而誰又知獅子也有溫柔、脆弱的一面？
聽著星座專家訴說著獅子座的特性，
說著人的性格也有如獅子般的形象，
霸道、控制慾強、強勢、傲嬌，
而這些外顯性格總是會讓人感受到獅子的傲氣，
但當你深入的了解他、陪伴他後，
則會發現在他們堅強、剛毅的背後，
所隱藏的不為人知的性格，
依賴、溫柔、愛乾淨、感性，
這些不輕易讓外人知道的脆弱，
必須用武裝的面貌讓人看不透也摸不著。

這是他們避免讓自己受傷的防衛機制，
卻也總是讓人看不清他內心的真意。

當獅子一肩扛起大小責任，
雖然勇猛，
但內心仍是想做個愛撒嬌的小貓。

當獅子忙著送往迎來善於交際，
雖然處事圓滑，
但內心仍是渴望簡單樸實的生活。

當獅子自信滿滿勢如破竹，
雖然光芒萬丈，
但內心仍是個缺乏信心的小孩。

如此的反差，
正是他迷人的所在，
而這也只有與他最親近的人才能看到的一面。

或許，
獅子並沒有我們想像中的那麼可怕，
只要克服心中的恐懼，
主動靠近並用心對待，
再怎麼充滿獸性，
再怎麼冷若冰霜，
也會感受到你的善意，
為你打開心房，
用溫柔將你緊緊包圍。

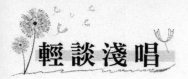

汶莎

長大後的夢想

文：汶莎

看著大人能搬起又重又大的東西，
我卻只能搬起一個屁股大的石頭；
看著大人能跨出投足千里的距離，
我卻只能跨出一壐咫尺的小步伐；
看著大人能隨心所欲的做著事情，
我卻只能困在這小小的身軀懊惱。

我好羨慕大人，
媽媽總是跟我說，
長大後你就能做這些你做不到的事情了。
可是長大好慢，
我每天都祈禱著自己能夠快點長大，
這樣我就可以做好多事情了。

我想要像媽媽一樣，
當一個讓學生尊敬的好老師，
我想要像爸爸一樣，
蓋一幢又高又漂亮的大樓。
我想要像奶奶一樣，
織一件又大又暖的毛線衣。
我想要像爺爺一樣，
捕一條讓全家溫飽的大魚。

長大真好，
都可以做自己想做的事情，
當我想做自己想做的事情時，
卻一直被大人阻攔，

甚至還會被責罵，
我不喜歡這樣。

長大真好，
都可以去自己想去的地方，
當我想去自己想去的地方時，
卻一直被大人喝止，
甚至還會把我栓好，
我不喜歡這樣。

長大真好，
都可以買自己想要的東西，
當我想買自己想要的東西時，
卻因為自己沒錢錢，
甚至大人也不給買，
我不喜歡這樣。

所以……
我想快快長大，
我想快快實現夢想，
我想快快獨立自主。

這樣的話，
我就能像大人一樣，
想怎樣就怎樣，
想幹嘛就幹嘛，
無拘無束，
過得自由自在。

幾年過後，
當我真正的如願長大時，
我才發現，
快樂與自由的背後所隱藏的壓力與束縛，
我討厭長大。

汶莎

愛是詩詞也是歌

文：汶莎

輕談淺唱

寫下叨叨絮語，
將心情化作筆墨，
愛的酸甜苦辣，
愛的曲折離奇，
用手勾勒出一道道完美的風景。

字裡行間流露的是我對你的情與愛，
遊走在詞語中的是你對我的慕與戀。

你哼唱浪漫情歌，
將慕戀化作曲子，
愛的喜怒哀樂，
愛的變幻莫測，
用優揚的歌聲幻化出動人心弦的劇情。

你唱歌時注視著我的目光，
充滿了熾熱。
一字一句的真情打進我的心房，
心噗滋噗滋的跳。

寫下句句真言，
回應著對你的愛戀，
糾結著你那讓人無法喘息的愛，
享受著你那讓人流連忘返的愛。

各種矛盾極端的情感，
如潮水般湧現，
鋪天蓋地向我席捲而來。
將我滅頂的是你：
是你那赤誠真意的心，

是你那甜言蜜語的嘴，
是你那令人著迷的軀。

洋洋灑灑的用文字將你包覆，
你徜徉在我的心海裡，
閱讀著我那深不見底的情意。
你猶如鯨豚般，
不時的發出興奮的吼叫。

此起彼落、餘音蕩漾，
和著夏風與水波聲，
唱出了你的心情。

你猶如人魚般，
坐在情意的石頭上，
引吭高歌。

宛轉優美的歌聲將我吸引過去，
你抱住了我，
在我耳邊輕唱著，
相愛的喜悅，
相愛的痛苦，
相愛的哀愁，
相愛的怒懟。

即便未來是充滿荊棘，
你也願像王子，
揮舞著長劍披荊斬棘而來，
就為將我從深深的長眠中喚醒。

　　　我用字筆在你的手心寫下承諾，
　　　相信著你的真心誠意，
　　　相信著我們的美好未來，
　　　我　願意。

分崩離析的世界

文：汶莎

隨著你的病情加遽，
我沒想到這一天會這麼快的來臨。

看著躺在手術台上的你，
全身插滿了管子，
微弱的心跳隨著機器的嗶嗶聲，
一擊一擊地徑直打入我的內心。

我壓抑不住內心的激動，
聲淚俱下的要求你不要離開我，
在你耳邊不停的為你加油打氣。

你似乎聽到了我的悲喊，
用心跳聲證明你會努力的，
但死神卻隨侍在一旁，
一點一滴的取走你的生命跡象，
心跳愈發微弱，
呼吸愈發淺薄。

我不停的抽著衛生紙，
擦掉臉上的淚水和鼻水，
只為能好好的與你再說說話，
期冀著奇跡能夠出現。

但醫生的話卻狠狠的將我踹落地獄，
逼我對你的生命，
做出選擇。

我憑什麼決定你的生命？
但看著躺在床上奄奄一息的你，
我不得不做出選擇。

相信著奇跡的出現，
我要求醫生做再一次的急救，
也請你再加油一下，
或許這次說不定就成功了。

但死神卻仍不放過你，
我輸了這場拔河賽，
我不捨讓你繼續被病痛折騰，
我聽從了醫生的建議，
在與你做最後的告別後，
我將你送入了死神的懷中，
祈求著死神能夠善待你的靈魂。

隨著禮儀社的師兄將你的遺體帶走，
我的世界隨著你的消失，
開始分崩離析，
淚水浸濕了整個夜晚，
我寐不成眠。

今日發生的一切彷彿夢境，
我不停咬著下唇，
要自己趕快脫離這場惡夢。

而疼痛感卻將我帶到了現實，
回想著你離去前的臉龐，
我只能放聲大哭，

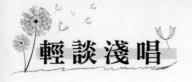

伴著日初，
開始迎接沒有你的日子。

最後的我愛你

文：汶莎

輕談淺唱

隨著唱佛機的旋律，
虔誠期盼著你在另一個世界能過的安好，
但內心卻充滿了矛盾與掙扎。

我雖然很希望你能繼續留在我的身邊，
即使以不同的形式存在，
陪伴著我，
聽我訴說，
給我溫暖，
我也會滿足。

但隨著法會上的木魚及銅鈴的響聲，
法師的唱頌，
字字句句都要你放下塵緣，
早日投胎。

但我卻捨不得你離開我，
我還沒做好心理準備，
我擒著淚水，
嘴上跟著法師唸悼著經文，
心裡卻直說著「不要！」

我祈求著你繼續留在我身邊，
我祈求著你繼續與我說說話，
我祈求著你繼續地注視著我。

我不想要你離開我，
這是在我心中回轉數百遍的念頭。

待法會結束，
回到了沒有你的家，
早已擦掉的淚水讓我的心冷靜下來。

我知道我不能這麼自私，
一直留你在陽間徘迴，
我知道我不能這麼自私，
留你的靈魂不得投胎。
我知道我不能這麼自私，
為一己私慾讓你放棄大好前程。

所以我在這幾天學著放下，
放下對你的執念，
放下對你的思念，
放下對你的不捨。

雖然時常在夜深人靜的時候想起你，
兩行清淚總是隨著鼻酸，
淌流在我自責的漩渦中。

我知道我不該這麼懦弱，
我知道我不該這麼自責，
我知道我不該這麼悲傷。

因為這樣只會讓你擔心，
因為這樣只會讓你不捨，
因為這樣只會讓你更放不下我。

我望著你的照片，
學著打起精神，

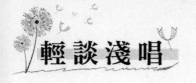
輕談淺唱

笑著送你離開，
不斷說著：「我愛你」。

汶莎

思念的形式

文：汶莎

不知不覺，
你的離去讓我有了數日子的習慣，
至今已有一個月又十二天，
沒有你的日子。

即便你的離去讓我悲痛萬分，
整日以淚洗面，
但現實總是硬把我從悲傷的情境裡，
用力的拽了出來。

日升的太陽與日落的月亮，
都告訴著我，
不要停留。

不要停留在悲傷之中，
不要停留在失落之中，
不要停留在此時此刻。

摧促著我，
不斷的向前。

我好怕時間會帶走我的記憶，
於是我從手機裡，
挑選了你最可愛、最迷人的照片，
並將它洗了出來，
裝框、掛牆。

每當我下班回家，
打開大門、開上電燈，
你曾生活在這個家的證明，

活鮮鮮地在牆上，
展現著。

彷彿你還存在著，
存在這個家，
存在我的心中。

每日對著你的照片說聲「早安」，
讓我精神飽滿，
好應付一整天的工作。
每日對著你的照片說聲「我回來了」，
讓我疲憊的心靈，
得到一絲的療癒與安慰。
每日對著你的照片說聲「晚安」，
讓我睡前盼著，
入夢後還能尋得你的身影。

日復一日，
不知曾幾何時，
我已漸漸接受你不在我身邊的日子。

望著照片的習慣，
取代了，
曾經向你撒嬌的任性。

對著照片說話的習慣，
取代了，
曾經與你互動嬉鬧的溺愛。

日復一日，
不知曾幾何時，
我已忘卻了你的驟逝帶來的悲傷與苦痛。

生活恢復了往常，
像是你還在那般，
平靜。

記憶變成了回憶，
像是你還在那般，
活著。

彷彿在這個家，
處處能看得見你的身影，
只是……以不同的形式，
存在著。

汶莎

雲朵幻想

文：汶莎

雲朵是個愛幻想的小孩，
他有個特殊技能，
能將幻想用白雲呈現出來。

他曾幻想過城堡，
因為他看了一本童話故事，
想像自己也能遇到王子，
住進美麗的城堡裡。

他曾幻想過英雄，
因為他看了一部電影，
想像自己也能像主角一樣，
能濟世救人，受人敬抑。

他曾幻想過巧克力，
因為人類吃了巧克力，
臉上都會掛滿幸福的表情，
所以他也想吃吃看。

只要是他曾看過的、經歷過的、好奇的，
他都能用他的幻想，
全部將他們實現出來。

有時他還能接收到小朋友的心電感應，
將他們內心的想像表現出來。

像是在河堤旁踢著足球的小男孩，
滿腦子想的都是足球相關的東西，
像是球門、足球、射門、足球選手，

雲朵幻想

雲朵將天空當成畫布，
一一的將小男孩心中所想的變幻出來。

還有在公園裡玩著恐龍玩偶的壯男孩，
一手抓著翼龍一手抓著暴龍，
在沙堆上演起精彩的恐龍大戰，
小小的沙堆彷彿還有很多恐龍一起加入戰局，
雲朵也將各種恐龍投放在天空上，
為壯男孩獻上精彩絕倫的世紀大戰。

當人們抬頭看向天空，
形形色色、各式各樣的幻想，
在湛藍的天空下，
豐富的多彩多姿。

有的人指著足球快樂的比劃著，
有的人指著恐龍興奮的大叫著，
有的人指著甜甜圈開心的流口水。

看著底下的人們高興的模樣，
雲朵的心情也好了起來，
邀請他的彩虹朋友，
一起欣賞著人們的笑容。

輕談淺唱

蠍子的極端

文：汶莎

可怕的漆黑外表，
高高舉起的巨鉗，
翹起顫動的尖尾，
像極了惡魔。

但在那令人懼怕的外表下，
卻有一顆炙熱的心。

沒有人會發現蠍子的溫柔，
沒有人會發現蠍子的穩重，
沒有人會發現蠍子的謹慎。

大家一開始都會被他的外表所震懾，
不願去靠近他，
不願去理解他，
不願去接受他。

蠍子的神祕色彩也愈加濃厚。

青菜蘿蔔各有所好，
即便是讓人拒於千里之外，
令人聞風喪膽的毒蠍；
也會有勇者願意去揭開他的神祕面紗。

當你真正了解蠍子後，
才發現原來他是個愛恨分明的極端小可愛。

擅長蟄伏的蠍子，
擁有超強的第六感，
雖然總是展現懶散的一面，
卻是在默默的觀察對方的一舉一動。

趁其不備突然發動攻勢，
殺個對方措手不及。

非常專一的蠍子，
對於既定的事物永不更迭，
看起來樸實無華、枯燥乏味，
卻是屬於他們的平淡幸福。

無論是飲食習慣抑或是情感寄託，
都是一如往常般。

口是心非的蠍子，
總是希望有人能夠理解他，
雖然外表看起來毫不在意，
但內心卻是非常在乎，

只要在他們傲嬌的鼻頭上輕輕磨蹭幾下，
堅硬的心牆也會瞬間倒下。

討厭背叛的蠍子，
對於欺瞞與羞辱無法忍受，
極其所能的想要報復，
永遠無法釋懷。

展現出陰險黑暗的一面，
摧毀眼前的敵人。

這種大好大壞的行為表現，
讓理解他的人又愛又怕。

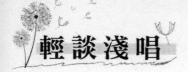

戰爭與和平

文：汝莎

轟天巨響下的無情砲火，
在陣陣的閃光中，
照亮了殘破的家園，
照亮了悲情的人們，
恐懼的臉上寫滿著對未來的絕望，
哭泣的臉龐沾滿著親人們的鮮血。

灰黑的硝煙布滿了整個天空，
士兵血紅的雙眼充滿了殺意，
絕耳不停的尖叫聲回盪整個城市。

有的人抱頭亂竄，
不停的逃亡著。
有的人跪坐祈禱，
希望一切停止。
有的人掩面哭泣，
不知所措。

人們不敢相信，
習以為常的平穩日子，
在他國的一聲喝令下，
便輕易地被奪走。

沒有任何徵兆，
沒有任何理由，
沒有任何談話。

僅因自我利益受損，
便像個孩子般，
喧嘩吵鬧。

因為得不到，所以生氣。
因為要不到，所以惱怒。

於是……
攻擊便開始了，
不管會產生什麼後果。
不管會發生什麼遺憾。

任意妄為地，
侵犯他人的權利。
肆無忌憚地，
奪取他人的和平。
毫無顧忌地，
踐踏他人的家園。

戰爭一觸即發，
和平漸行漸遠。

人們的歡笑被恐懼給淹沒，
眼眶的淚水被無助給占據。

風和日麗的城市風景，
如今卻變成斷垣殘壁的廢墟。
曾經充滿孩童歡笑的地方，
如今卻成為戰火下的悲鳴。

原以為只會在歷史上看到的地獄景象，
現如今卻正在經歷著。

痛苦持續著延續著，
希望持續著增長著。

無所適從的人們，
逃離了居住的城市。

迫於無奈的士兵，
勇敢上前保家衛國。

愛在戰爭中隨著生命逝去，
仇恨則在人們的心中，
悄悄生長。

和平，
何時會再度來訪？

閃亮的星

文：汶莎

遙指夜空上那顆明星，
在黑漆漆的夜幕，
綻放著白熠熠的光芒。

灰濛濛的雲靄，
半掩著亮皎皎的月光，
更顯得星星的明亮。

安詳的、寧靜的，
照亮著人們急需撫平的焦躁內心。

潔白的亮光，
帶來的平靜足以讓人們忘卻，
忘卻煩惱，
忘卻悲傷，
忘卻委屈。

地上的人們個個都想摘星，
有的是想摘下對方的心，
有的是想摘掉煩悶的心，
有的是想摘下珍稀的星。

得不到的永遠最美，
總想著那虛渺的美好，
幻想著那無實的虛假。

但那些美好那些虛假，
都由遠方的那顆星，
承載著。

承載著希望，
承載著約定，
承載著幸福。

白光閃耀讓人目不轉睛，
卻無人知曉那爍爍的亮光，
包含了多少經年累月，
包含了多少複雜情緒。

白淨的星光迷惑著底下來往的人們，
不知流言是從何而起，
可能是白色給予了人們既定印象，
純白、潔淨、無瑕，
人們開始相信著星空神話。

當相信的意念凝聚成一股力量，
直衝上天，
劃破天際，
隕落在他方時，
便是它生命終結的那刻。

帶著赤紅的閃焰，
不知是什麼心情，
一層一層的剝落。
落下的是已完成的期望？
抑或是，
遙不可及無法實現的承諾？

伴隨著一聲巨響，
落入了大地的懷抱。

揚起的塵土說明了它的沉重，
散落的灰燼證明了它的努力。

大地承接了它的委屈與無奈，
默默的安撫著，
直至身上的火光褪去
陷入寂靜安詳的長眠。

倪小恩

聽歌的進化

文：倪小恩

在年前大掃除的時候，從房間裡面整理了好多的東西出來，這些東西當中，竟然有著很久以前用來聽歌的 CD 隨身聽。

讓我不禁回想起這二十多年來聽歌方式的進化，一開始我小時候接觸的是錄音卡帶，需要放入錄音機才可以聽，接著是 CD 片，也是需要放在音響裡面，再來是使用小型的隨身碟，而隨身碟的音樂還要自己上網下載，但方便就是隨身碟的體積小容易攜帶，最後就是至今依舊方便使用的手機。

仔細想想，科技始終來自於人性，比起以前那些懷舊物品，用手機聽音樂真的方便許多。現在的人聽音樂只要用手機下載音樂程式，或是有些免費的音樂網站，接著插上耳機就可以聆聽音樂了，這樣的方便性讓喜愛聽音樂的人省了很多時間與空間，也帶來便利性，實在造福了很多人。

我喜歡在通勤搭公車的時候聆聽著音樂，望著車窗外面那飛逝而過的風景，暫時讓自己的腦袋放空休息一下，什麼都不需要想，只要聽音樂就好，等到了公司後，才將耳機拔起，開始與工作奮戰。

而下班通勤的時候我同樣也會聆聽音樂，同樣是讓自己的腦袋放空休息，讓這些音樂洗淨一天下來累積的疲憊，我幾乎都是聽抒情歌或是慢歌，因為快歌或是搖滾歌對我來說，腦袋應該無法真正放空，反而會讓耳根子更加的吵雜。

那你呢？都是聆聽怎樣的音樂來放鬆自己呢？

倪小恩

深夜電台

文：倪小恩

　　早期在學生時代的時候，幾乎每天會讀書讀到晚上十二點才入睡，在夜晚入睡前我都會打開音響，聽著廣播電台的聲音，伴著音樂漸漸入眠。

　　在夜晚這個時候，主持人所放的音樂都是走輕柔抒情風，目的使人放下一天奔波的疲累，舒緩心情，達到放鬆效果。

　　我記得有一段時間，電台每周都會請一位歌星來當 DJ，時間約莫一小時，而這位明星在這段時間內會分享自己喜歡的音樂，或是分享自己的新歌，也會分享在創作之路上遇到的有趣故事。

　　那時候的我很喜歡一位歌手，除了長相帥氣好看外，主要是他所創作的音樂很吸引我，我非常的喜歡，也因為常聽電台的關係，當我一得知他要來電台當一周主持人的時候，我幾乎夜夜都守在音響旁，期待他的出現。

　　時間一到，我就會躺在床上，一邊聽他的聲音，有時候會因為太累而不小心睡著，半夜醒來的時候我就會起身將音響關掉繼續睡，有時候聽到喜歡的歌，我便會等主持人介紹那首歌的名稱，然後拿起筆記下歌名，有空的時候會上網查這首歌並且會播放來聽。

　　我也曾經因為覺得歌好聽，進而去買專輯來收藏，到現在為止，那些當年珍藏的專輯都還在櫃子裡，即使有些明星已經退出樂壇，或是外表已經年老不再有魅力了，可是他們的聲音依舊好聽，每當聽起，就會想起當年的自己是怎麼知道這首歌的，便會不由自主地會心一笑。

倪小恩

樓上的鋼琴聲

文：倪小恩

輕談淺唱

　　幾年前，曾經有一段時間，每當周末早上到來的時候，樓上鄰居就會開始彈鋼琴，而這輕柔的鋼琴聲便會從我房間的窗戶傳進來，我在半夢半醒間聽到這鋼琴聲，意識便會緩緩的從夢中抽離，接著睜開眼睛凝聽。

　　我會在床上賴了好一陣子才肯下床，平日早上需要靠鬧鐘來叫醒我，而周末早上就是靠這溫柔的鋼琴聲來喚醒我。

　　我不曾見過樓上那位彈鋼琴的主人，不知道性別是男還是女，不知道年紀是大還是小，也不知道身分是上班族還是學生，總之，每當到了周末早上九點多的時候，鋼琴聲就會響起，時間約莫只有一小時左右，卻足以讓我享受。

　　樓上鄰居什麼音樂都彈，我聽過許多不同類型的曲目，古典樂曲像是經典的《卡農》、《綠鋼琴》，還有一些卡通樂曲像是宮崎駿的作品配樂，除此之外，樓上鄰居也彈過一些耳熟能詳的流行音樂，我甚至有一次不知不覺地跟著鋼琴聲哼起歌。

　　這不知不覺成為了我每周末早上的習慣，直到有一天，鋼琴聲停止了，我還以為樓上鄰居可能暫時休息，或是有事暫時不彈了，但最後，那鋼琴聲好像就再也不曾響起過。

　　之後有一次與爸媽聊天，才知道樓上的鄰居在前陣子搬走，也難怪鋼琴聲就這樣落幕了，現在的周末早上，再也聽不到鋼琴聲，而我因為長期下來的習慣，身體已有生理時間，會自動的在九點多醒來。

倪小恩

那位歌手

文：倪小恩

　　某次在上網的時候，偶然聽見了一首年代已久的歌曲，在當下聽到這首歌的時候我有點恍惚，一瞬間好像跌入了時光隧道中，然而在時光回憶中尋尋覓覓的，這首歌既熟悉又陌生，我突然想不起當時到底是在哪裡聽見的。

　　最後問了身邊友人才得知這首歌是某個當紅一時的歌星唱的，搭上當時收視率高的偶像劇，這首歌在當時整個串燒紅起，幾乎大街小巷都可以聽見這首歌，當時因為偶像劇的關係，不只捧紅了劇中的男女主角，也捧紅唱主題曲的歌手，我回想起當時追偶像劇的自己，每當播出的時間一到，便會守在電視機面前觀看，這一集結束後期待著下一周的播出。

　　然而，我查了些資料才發現這位歌手幾乎已經隱退娛樂圈，近年來都沒有推出任何的新作品，偶爾只會在社群媒體上面發文述說起自己的近況，但發文的次數非常的少，整個神祕。

　　我看過關於他的訪談，才知道脫離演藝圈後的他，現在過得很自由開朗，沒有那些窒息般的行程演出，也不用因為身為公眾人物而在意著周圍人的眼光，脫離這些種種的壓力，他找到了適合自己的生活模式，這樣的緩慢步調反而讓他能夠自在的享受生活。

　　想起當時的自己因為喜愛他而買了他的專輯，雖然他再也沒有推出新作品可以讓我收藏，但我反而很慶幸他找到了屬於自己的生活，同時活出自己。

倪小恩

巷口的阿嬤

文：倪小恩

在以前，位在巷口那戶人家總是有位阿嬤坐在門口處，眼神無力的盯著每位經過的路人，毫無動作，就只是淡淡的注目。而我每次經過，不論是早上出門，或是傍晚回家的時候，在經過巷口都會看到那位阿嬤一個人呆坐著，門口的位置彷彿是她的寶座一樣，她幾乎都坐在那裡發呆。

她不會像年輕人一樣低頭滑手機，也不會看報紙或是看書，真的就只是發呆，默默的看著身邊經過的人事物。

我原本以為這位阿嬤有點失智，才會每天都呆坐在那，沒有想到某天竟然看到她與友人大聲聊著天，講著我聽不懂的客家語，言語之間談笑風生，充滿著笑聲，而且她的聲音是有力的，不像一般老人那樣的虛落。

又在某天經過的時候，我不小心與她對上了眼，在尷尬之餘我朝她點了頭，她竟然也向我點頭，或許是因為我常常經過的關係，她知道我是住附近的人，也就在這天開始，每次經過阿嬤家門口，只要看見那位阿嬤，我就會與她打招呼。

在某天她叫住了我，我疑惑走近，她說了句我聽不懂的客家語，我以為老人家聽不懂國語，只好用台語回話，沒有想到她竟然也回我台語！與阿嬤之間的聊天內容沒有什麼，她只是問我住在哪裡，我手指了住家的方向，她又說了一串我聽不懂的話，當我又開

始尷尬時，她的孫女剛好回來跟我解釋阿嬤只是想找人聊天。

之後我因為唸書的關係暫時搬離縣市外，偶爾回來還是會看到那位阿嬤呆坐在門口，但因為讀書繁忙，我無法經常回來，當完成課業出了社會我才搬回家，可是已經沒有阿嬤的身影了，一問之下才知道她在兩三年前就過世，我深深覺得遺憾。

現在在經過巷口那戶人家的門口時，我還是會下意識地朝那方向望過去，但門口處空無一人，再也沒了她的身影。

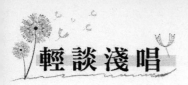

倪小恩

祈願的天燈

文：倪小恩

　　說到放天燈這活動，就屬於平溪那一區最為有名了，這也是那邊一直以來都會有的傳統娛樂活動。

　　聽說在古時，放天燈這行為就是一種祈福，居住在底下的人們將願望傳送給住在天上的亡者，祈願這些已經過世的人能夠在另外一個世界過得更好，給予祝福外也報上平安。

　　在平溪火車站附近，有很多販售放天燈的小販，花費幾百元後就給你個空白的天燈，可以拿起毛筆沾上墨汁在上頭書寫著自己的願望，等到四面空白處都寫好後，老闆就會來點火，火在底下燃燒後，天燈因為熱空氣而鼓起，大家抓著天燈下，並趁機拍好照片後，天燈就這樣緩緩飄上天空，直達天際處，接著漸漸看不見。

　　然而，看似這麼浪漫的行為卻有著隱憂，在某一年我與朋友去爬山的時候，山路上看到好多的垃圾，當中最多的就是已經風化腐爛的天燈，有些天燈垃圾甚至是高掛在樹上，將原本應該要是一片綠意盎然的樹，添上了一顆又一顆的腐爛色彩，乍看過去實在滑稽的很。

　　我不禁想起第一次放天燈時的傻勁，當時只是覺得好玩有趣，從以前我就不怎麼相信放天燈祈願這件事情，所以天燈上面都是在亂畫畫。然而當爬山見到眼前這場景後才知道原來那些所放的天燈通通都飛到山上了，最後成了令人嗤之以鼻的垃圾，想起當時寫天燈的心情，現在想想實在有點諷刺。

疫情

文：倪小恩

　　這幾年，因為疫情的襲捲，改變了人們的生活模式。

　　原來的消費購物從實體逛街更改到線上購物，記得在疫情嚴峻的那幾周，許多店家門可羅雀，因為沒有人敢出門，也因此造就了網路消費的業績直直飆上；而原本的上班模式也更改了，有些公司改為居家辦公，有些公司變成輪班制，員工彼此錯開時間來上班，會議也更改成遠端線上會議，只要開個鏡頭跟麥克風就可以開會。

　　每逢假日，因為不敢出門，只能在家找事情做，其中最為受惠的應該屬於網路的影音平台，提供各式各樣的戲劇可以看，讓人們家在就可以看電影享受其樂趣。

　　除此之外，政府嚴峻的規定若出門一定要戴上口罩，所以口罩根本不能離手，不論是炎熱的夏天或是寒冷的冬天，都需要戴口罩才能出門，可偏偏夏天的悶熱天氣讓人受不了，滿頭大汗的，加上口罩的悶住，幾乎讓人無法好好呼吸。

　　另外，也有許多的店家在這波疫情中無法挺過而紛紛倒閉了，只剩下腦中的回憶以及空蕩蕩的店面。目前國內疫情雖已漸漸趨緩，一些原本禁止營業的場所也正常營業了，但有許多的行為在不自覺中養成了習慣，比如進出店家都需要量體溫、做實名制，也會隨手拿酒精消毒噴灑，與他人之間的距離也會拉開。

　　希望再過幾年後，國內與國外的疫情真正邁入穩定，不必再受任何拘束，可以自由地旅遊。

倪小恩

關於遺憾

文：倪小恩

　　遺憾，是可以讓人意識到其重要性的虛擬物質，可是這份物質已經失去了。因為若得到，就不稱作為遺憾了。

　　它可能是一段說不出口的話，可能是一個已經錯過的人，可能是來不及擁抱住的情感，也有可能是已經失去而無法達成的夢想。

　　試著想想那些已經錯過的愛情或是友情，有沒有什麼話當初想說，但卻終究沒有說出口的？如果當時說出口了，是不是現在會有不同的結果？當初那些藏在心中深處的話，因為沒有說出口，所以對方並不懂你的真實想法，猜疑拉遠了彼此的距離，最後對方漸漸地離開你的世界。

　　試著想想曾經自己的志願，是想當老師，還是想當公務員？或者是什麼其他的職業？而為什麼在求學階段和出社會拼搏的路途中，漸漸的失去了這份志願？每天日復一日的規律生活，雖然規律，可是總覺得少了點刺激，在種種的工作壓力中喘息著，有時候偷閒得到一些小確幸，卻忘了自己當時的夢想，回頭看著身邊已經有著理想職業的朋友們，心中暗自羨慕，後悔著當時不堅持，但這個時間點已經多說無益了。

　　其實許多事情都還是來得及，失去的友情是可以挽救的，夢想也可以用另外一種方式來達成，趁著空閒時間可以學習一些新事物，報名課程，培養興趣，讓心中這份遺憾可以少一點。但其中最重要的還是親情，偶爾抽點時間關心日漸年老的父母，讓他們甚感貼心。

　　人生中會遇到這些種種的遺憾，也讓人們學到好好珍惜當下的所有。

倪小恩

過往的華麗幻想

文：倪小恩

　　相信有些小女孩在小的時候，總是幻想自己是一位公主，會有非常疼愛你的王子在身邊，對你悉心呵護，完完全全的把你當作公主一樣的疼愛，這些王子的條件，不外乎就是長相英俊、個性良好、成熟穩重、態度優良。而當時會有這些幻想，都歸咎於童話故事、愛情小說，以及那些華麗夢幻般偶像劇的影響。

　　直到長大後終於可以交男朋友了，卻發現世界上根本沒有所謂完美的王子，有的個性暴躁，什麼小事情都可以有爭執；有的很會講好聽話，等到關頭緊要的時候才發現對方只出一張嘴；有的看起來好聲好氣的，以為是個沒有脾氣的好好先生，但卻發現對方是個媽寶。

　　確實如此，畢竟誰沒有缺點呢？只是這個缺點能不能被接受而已，一樣米養百種人，每個家庭的教育方式不同，所以每個人的價值觀也因此不同。

　　有些人，很幸運的在初戀就遇到能與自己相伴終生的人，但有些人卻是在幾場的感情上受到傷害後，才遇到對的人。

　　於是最後發現，要找的人不是那所謂的完美王子，而是跟自己價值觀相近的人，也是可以好好理性溝通的人，這些人讓自己可以做自己，不需要壓抑什麼、不需要委屈求全什麼，雖然多多少少還是會有磨合期，還是會有小小的爭吵，可是懂得讓步、懂得溝通，最後你會發現，與其找完美的王子，不如找適合自己的人。

倪小恩

交友軟體

文：倪小恩

　　身邊越來越多人使用交友軟體來交朋友，電視上也出現很多關於交友軟體的事件，有些人在裡面找到了另外一半，但也有的人捲入詐騙被騙了錢，有的人甚至被騙了感情。

　　交友軟體本身並不是不好，它只是擴增交友圈的一種工具，透過這軟體可以進而認識到各個不同背景的人，進而交上朋友。也因為有很多人在使用交友軟體，所以上面出現了各種形形色色的人，有奇怪的人，也有正常的人，而我自己本身也聽過各式各樣關於交友軟體的故事。

　　交友軟體可以找到另外一半嗎？有人質疑，我覺得是可以的，因為我身邊就有幾對這樣的人，藉由交友軟體找到興趣相投的朋友，進而交往，當中有人甚至交往了七、八年的時間，感情非常穩定，甚至即將邁入人生的重要里程碑，也就是結婚。

　　當然也有失敗的例子，我身邊當中有一位朋友就被詐騙了將近一百萬元的現金，而且對方似乎是個詐騙高手，藉由慢慢的聊天與關心博取信任，接著一步一步的設下陷阱，等到時機成熟後，開始介紹投資理財的平台，謊稱自己也在裡面賺到了錢，改變自己原本貧窮的生活，因為前面已經建立起信任，所以這位朋友不疑有他，慢慢的將錢投入，最後數目越來越多，沒有想到到頭來全是一場精心設計的騙局，而這些錢也一去不回。

　　我覺得交友軟體就跟一般交朋友一樣，只是因為是透由網路，得多一份小心以及警覺心，畢竟你並不知道跟你聊天的是不是真的就是照片上的那個人。

倪小恩

所謂的青春

文：倪小恩

「青春」到底需要包含什麼樣的元素在？

我覺得所謂的青春是邁向成熟大人過程中的過渡期，除了身體上面會有第二性徵的出現以及意識到男女之間的不同以外，會開始體會到各種不同的情緒以及責任。

青春期可能會遇到第一個喜歡或是欣賞的人，這時候會開始嘗試到微酸微苦的情緒，然後情緒不自覺的會被對方影響、牽動著，身體上的賀爾蒙開始有了變化，為什麼有些人說青春如果不痛就不叫青春？是因為這時候所有面對到的都是自身第一次經歷到的，所以印象特別深刻，感觸特別深，不自覺的會放大所有的感官，喜歡會說很愛，不喜歡就會說很恨，什麼都不思考的直接衝動行事，也不管這樣的後果會不會傷害到人，但真的懂得什麼叫愛？什麼叫恨嗎？

經過幾年後，再回首看看當初這所謂的青春，會覺得根本就是清淡如水的小事情，會覺得自己當初的那些反應就像是不成熟的人一樣，因為這時候的自己已經經過了好多好多的社會磨練，經歷過不只一次的感情事件，也遇過各式各樣的事情，突然懷念起當時青春的自己，如果當時成熟點，講話是不是就不會這麼衝動？做事是不是就能夠理智些了？是不是就不會傷害對方了？

所以我說青春期是長大的過渡期，沒有經歷過那些自認的遍體麟傷，不會懂得珍惜、不會懂得理性，更不會懂得成熟。

倪小恩

人生方案

文：倪小恩

　　人生中處處會面臨不同的選擇題，比如大學要考什麼科系，出社會後要在哪間公司打拼賺錢，要住家裡還是要搬出來住等等的選擇問題，若選擇了其中一項，而這條道路接下來必須要用什麼樣的方式來完成，這就是所謂的人生方案，亦成為人生規劃。

　　前陣子看了一部台劇，這部劇約莫是多年前的火紅戲劇，劇中的女主角遇到了人生的困難選擇，她很為難，不知道該怎麼做選擇，因為不論什麼樣的選擇都有利也有弊，於是接下來的劇情模擬著兩個截然不同的人生選擇，有方案 A 與方案 B，若遇到了不在規劃內所出現的事情，又立刻規劃出一個新的方案來。

　　這部戲會紅是因為貼近於現實，也是值得我們深思的議題，兩個不同的方案依序著時間線而往前，以平行時空的方式演出，各自會遇到不同的挫折，各自有空虛的時候，但也各自有感受到小確幸的時刻，各有好與壞。

　　對某些人來說，人生的道路好像被年齡所侷限住，三十而立一定要成家立業或是結婚生子，但在薪水不漲的情況下，處處都是壓力，而這個歲數好像是人生中重要的轉捩點似的，是個還可以打拼發展的歲數，也是個還不會被淘汰的歲數，於是就有了選擇的人生課題。

　　但不管選擇怎麼樣的道路，不須要與誰比較，只要自己在人生的道路上依舊是持續的成長並且往前邁進，那不管是怎麼樣的人生，一定都是值得的。

倪小恩

掃墓

文：倪小恩

又到了春天，接近清明時節了，這時候家家戶戶忙著準備掃墓、祭拜祖先，有些家庭會提早幾日執行，以免人擠人，但即使提早了一個月，還是有些人潮。

若將祖先的安葬地選擇於靈骨塔位，得跟守塔位的公務人員事先聯絡說要祭拜才行，而靈骨塔的部分只要祭祖與焚燒金紙，約莫半小時就可以結束；若祖先的安葬地選在公墓土葬，除了得選一天的好天氣外，還得要準備一堆除草用具，鐮刀、剪刀、鋤頭、手套什麼的都準備來了。

望著眼前那每一年比人還要高的雜草，幾乎將原本的墓給掩蓋住了，看著這片雜草，真的有種「春風吹又生」的感覺，實在覺得一個頭兩個大，因為不管每一年我們將雜草清得有多乾淨，隔一年還是會看到滿滿的雜草，這些雜草生命力強韌，怎麼摧殘都還是會長回來。

記得有一次在焚燒金紙的時候，意外有一張沾了火的金紙被風吹到一旁的雜草上，沒有想到過幾秒卻開始冒煙燒了起來，長輩見狀，覺得要不就乾脆燒一燒好了，我們也比較省力，於是就讓這片雜草燒了一會兒，燒到最後覺得不太對勁，因為火燃燒的速度遠比想像中還要快，我們手忙腳亂地開始滅火，有人拿水潑、有人拿掃把撲滅，忙了一陣子總算將火給滅光，卻原比單單只除雜草還要累。

最後的最後，長輩決定下一次掃墓要帶除草劑，雖然說會對環境有些影響，但至少能讓我們不這麼費力。

倪小恩

衝動

文：倪小恩

　　「衝動」這兩字，只適合用在年少嗎？我想每個年紀都會有想要衝動的時刻。

　　好比說，一看到網路照片中的美景，腦中突然想來個說走就走的旅行，沒有多想的就直接整理出簡易行李，立刻上網訂購車票跟住宿，然後直接出門飛奔到想去的地方，有些人時常做這些事情，甚至有些還會相約半夜一起騎車跑山。

　　但好像隨著時間增長，多了份深思與考量，有些人要顧慮的事情變得更多了，公司可以請假嗎？工作急不急？可以交接給誰？若有小孩的話怎麼辦？總不能直接丟了就跑了吧？最重要的一點是，體力可以嗎？有些人是想衝動，偏偏礙於現實而壓制著慾望。

　　「衝動」除了用在旅行，也可以用到很多行為上。比如購物消費上，有時候路上看到喜歡的事物，沒有多想的就直接拿去櫃台結帳，回到家裡後腦子冷靜下來，凝視著剛買的東西，卻發現這東西好像可有可無，如果這東西能夠用得上，是再好不過，但如果這東西只是裝飾用的，那可能要思考一下下一次如何降低自己的購物慾望。

　　我常常在網路社團看到一些販售二手衣物的女孩，有些女孩的標題都會註明說當時因為衝動購物而想轉賣，有的衣物甚至未拆封，而為了要趕緊脫手又會降低價格來販售，而且加上時間與包貨出貨的成本，算算去實在有點虧損。

　　「衝動」用於很多事情上面，這些事情要花錢花時間花體力的，即便如此，但都會有那麼一瞬間，這一瞬間的自己是感到滿足快樂的。

倪小恩

步調快與慢

文：倪小恩

偏僻地區的步調總是比繁華地區還要慢許多，悠閒地走在鄉間小巷中，腳步再怎麼慢，也不會有人趕著、催著。相對的，在繁華地區內放慢腳步，可是會被後方的人不斷的超越、經過，自己好像是個格格不入的存在，腳步因此不自覺地會跟著加快，以免成為當中的異類。

尤其是在擁擠的捷運或是車站裡，一堆人在趕車，車門開的當下，一群人上下車後加快腳步匆匆地往各自要去的方向走去，若這時候腳步還慢，一定會被後方的人催促。走動的人、移動的車，可以移動的東西速度都快了，猶如影片播放的時候被加快速度一樣，擠壓著、壓迫著、扭曲著，卻也讓這裡的人漸漸習慣步調快的生活，任何一秒鐘都不懈怠，無時無刻處在緊繃狀態。

可是從繁華地區中抽離，把自己丟在偏鄉裡，看著那些壯麗的自然景觀，聞著鄉下才會有的新鮮空氣，一切的步調瞬間變緩慢，走路慢、騎車慢，說話的速度慢了，彷彿連時間的流動也跟著慢了，心境變得很放鬆，一點都不會覺得緊繃。

偶爾的時候，可以讓自己逃離步調快的世界，從忙碌又有壓力的生活中逃離，喘口氣好好休息，待在慢步調的世界裡，淨化心靈，整理思緒，將腦袋中那些負面思想通通清理乾淨，讓自己的心態重新調整後，再度回到步調快的世界中，好好的打拼生活。

心情銀行

文：君靈鈴

　　如果世界上開了一家心情銀行，相信很多人會興致勃勃前往開戶，為的就是可以把壞心情存進銀行，才不會因為壞心情太過為難自己。

　　而如果這間銀行還有特別服務，例如可以用壞心情兌換點數，用好心情兌換現金，那事情可能就會變得很有趣。

　　點數總是要累積到一個程度才能兌換禮品，而現金則是好心情一存入戶頭就可以拿到手，但問題來了，點數方面大夥兒都是一副沒問題的模樣，可要將好不容易得來的好心情存進銀行得到現金，這時候該怎麼選擇呢？

　　尤其是對那些本就很容易憤世嫉俗的人來說，好心情多不容易才來訪一次，如果用這種方式生活那豈不是會餓死？

　　又或者撇開會不會餓死這個問題，成天心情都是糾結的人好不容易有了個好心情，卻立馬因為心情銀行要消失，這樣真的划算嗎？

　　說實話，划不划算見仁見智，但別忘了，人的心情是可以自己掌控的，如果成天怨天尤人、不懂上進、只懂忌妒他人或埋怨上蒼不公，那心情永遠也不會好起來，因為是自己讓自己活在怨懟的世界中不想脫身，可不是他人勉強你栽進這樣的世界。

心情銀行

　　或許有人會說，我也想快樂起來，但煩惱太多太雜，而且老是有人喜歡來找麻煩，這樣的日子要快活起來實在太困難。

　　可是，要不要快活起來的主導權其實一直在我們自己身上，事情往好處想跟往壞處想的差異是很大的，自己若是要拼命往牛角尖鑽，那怎麼期待能在心情銀行換到多少現金過日子呢？

輕談淺唱

多餘

文：君靈鈴

　　小芳一直認為自己在家裡是多餘的，因為她成長在一個重男輕女的環境裡，所以她老是看著被百般呵護的弟弟羨慕著，想著自己如果也是男的就好了，那也就不會在家裡被忽略的如此徹底。

　　只是在歲月流逝下長大成人的她卻發現，情況好像慢慢在改變，她的多餘似乎漸漸變成了被人所需，這是她以往從來不敢想像的事，而她不知道的是這一切歸功於她沒有因為覺得自己多餘而讓自己變成一個只懂怨恨不懂上進的人。

　　所以，她開始覺得自己不多餘了，但首先給她這種感覺的地方不是在家裡而是在外頭，但她覺得很滿足了，安安分分依照自己拍定的進度過人生，也找到了真正願意呵護自己的另一半，只是當夜深人靜時她還是覺得有些遺憾，想著雖然目前一切看似圓滿，但她心裡總覺得還是有塊缺角。

　　但她也知道想填補這塊缺角並不容易，在她父母心中，她想她依然是多餘的，所以她總是在想起之後笑了笑，告訴自己沒關係。

　　可她沒想到自己從來不曾想過，可以順利填補的缺角卻在父母先後生病之後慢慢有了轉機。

　　她的善良與孝順讓她的父母詫異，對比起她那位從小就嬌生慣養被寵壞的弟弟，她的表現簡直就是可歌可泣，但她並沒有扳回一城的感覺，只想著父母如果都可以快快痊癒那該有多好。

多餘

　　每個人生來都有屬於自己的價值，價值的高低取決於自己而不是他人，所以不管曾經再怎麼被忽略過也不該就此垂頭喪氣，認為自己什麼都不是。

　　「我是最棒的」，如果可以，記得天天這樣鼓勵自己。

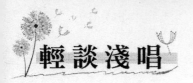

輕談淺唱

有必要嗎？

文：君靈鈴

每個人都有自己的地雷，一旦被踩到就可能暴跳如雷，無法自持。

而在這種情況下如果剛好與之對話的人又偏白目類型，那事情可能會變得非常嚴重，然後旁觀者跟無辜遭殃的對話者內心大抵就會浮現四個字，那就是「有必要嗎」。

這種事有沒有必要還真不是他人說了算，你不是本人不會知道對方生氣的點是什麼，大約也只會在心裡抱怨自己很衰，怎麼莫名其妙被轟了一頓，可是如果在這種時候換位思考一下，大概就能理解為什麼會這樣。

人有百百種，地雷自然也是有百百種甚至上千種，有的人是不喜歡他人占自己便宜，有的人則是不喜歡他人用開玩笑的語氣說自己的親人，有的人則是不愛談到自己內心最深處，有的人則是討厭說正事的時候對方不正經。

總是地雷款式千變萬化，有的聽起來或是實際看到情況也會讓人覺得有點問號，不懂對方為什麼因為這種小事發這麼大的脾氣。

但老實說，大事小事是個人自主判斷的，不是我們認為小事的事在他人眼中就一定是小事，大小事的定義每個人不同，所以可千萬別在已經踩到人家地雷時還傻傻的抱怨一句：「有必要嗎？」

　　有時候對身邊的人多一點包容，少開一點沒營養的玩笑，不要去涉及人身攻擊，如果不小心踩到對方地雷也記得趕緊道歉或閉嘴，因為沒有人可以去批評任何一個人的地雷有哪裡不對。

　　即便覺得對方小題大作，但尊重個人意願是處世根本，不當個白目的人則是想要交友廣闊的首要條件之一呢！

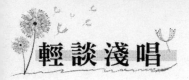

找樂子

文：君靈鈴

　　小芬看著在沙發上蠕動猶如一隻毛毛蟲的弟弟不禁搖搖頭。

　　雖說因為疫情的關係，弟弟被迫得先在家休息，再加上因為警戒也不好出門，所以就成天這副模樣，可說實話這樣看起來也太頹廢了！

　　「你就不能找點事做嗎？」小芬終於忍不住了。

　　「要做什麼？」弟弟一臉莫名其妙。

　　「做你平常口裡常常說但是又因為工作太忙不能做的事啊！」此時不做更待何時？

　　「唉唷！很麻煩耶！」弟弟依然不想動。

　　「那你就不要成天抱怨無聊沒事做！」不想動又抱怨是什麼邏輯？

　　「那……真的很無聊啊！」被說中的弟弟有點不好意思。

　　「拜託你不要這樣像隻懶惰的毛毛蟲浪費時間還抱怨，你可以為自己找點樂子吧？」小芬瞪著弟弟如此說道。

　　「找樂子啊？喔……」弟弟瞬間陷入沉思。

　　其實人都有惰性，但懶惰久了其實對很多方面都不好，與其抱怨沒事可做倒不如自己找點樂子，就算是在他人眼中看起來很無聊的事，但只要自己打從心底覺得有趣開心，那又何必在意別人的眼光呢？

找樂子

　　快樂是自己給予自己的，只要不傷害到他人的身體侵犯到他人的權益，找樂子這件事真的可以成為一件讓自己感到相當快樂的事，何樂而不為呢？

　　就算日子再艱苦難以度過，但只要抱持著樂觀開朗的信念，不讓自己鑽入牛角尖，或許就會發現其實這世界還是美好的，只是我們以前從不曾察覺而已！

不正

文：君靈鈴

　　「不正」兩個字組合起來就是「歪」，而在人生的道路上這三個字對人造成的影響其實很大。

　　如果觀念不正心術不正，那人生就會墜入歪斜的境界，這樣的話絕對不是說說而已，因為有太多例子可以參考了。

　　就像有些人堅持己見，認為自己一定是對的，卻不知自己的觀念早已太過偏執傾斜不夠正面也非站在合理上，肆意妄為揮灑自我的結果，就是換來後來的悔恨與可怕的結果。

　　人無知並不可怕，可怕的是明知道是錯，還沾沾自喜自己做了一番了不起的大事業，孰不知在他人眼中只是個錯的徹底的傻瓜，然後在懲處出現後留下後悔的淚水而已。

　　雖說人的一生不可能都沒有出現讓自己後悔的事，但倘若明知是錯卻偏偏為之，這樣的行為除了讓自己成為傻子之外也讓他人看不起，有時候再多懺悔也無用，因為傷害已經造成，不是一句「對不起」就可以解決的問題。

　　無論如何人生在世都應該學著往正確的道路上行走，就算在行走的途中跌跌撞撞也不該放棄，千萬別因為貪圖一時之快，看到旁邊有捷徑以為可以快速抵達目的地，就毅然決然往歪路上行。

　　或許捷徑可以讓人快速到達目的地，但到達之後卻不是一個結束，而是一段惡夢的開始，因為只要往前一看就會發現，接下來要走的路居然已經變成一段歪歪斜斜難以行走的道路。

　　別讓自己的人生變成「不正」，選擇權其實一直在自己身上。

君靈鈴

偏偏

文：君靈鈴

為何偏偏是我？

這句話可能是很多人在某個時刻會發出的疑問。

可能是在遇到困難要自問的時候，可能是在受到刁難抵抗的時候，也可能是在碰到低潮向天怒吼的時候，畢竟很多時候我們都不知道這些困難、刁難、低潮起因到底是為什麼，只覺得自己非常倒楣，偏偏遇到了這些事。

但事出總有因，只是我們自己是不是有所察覺而已，如果一直活在自己完全沒有錯都是別人的錯的世界裡，那麼「偏偏」這兩個字就很有機率一直出現在生活中，而且次數將會越來越頻繁也會越來越令人不解。

每個人都不完美，每個人都有優缺點，但是否去正視自己的缺點，並加以反省改正，就是一個很重要的人生課題。

至於這個課題要如何完成取決於自己是否願意去面對這個問題，而不是在遇到困難、刁難、低潮時只會怨天尤人，覺得就是有人看自己不順眼，覺得就是老天爺不公平才會讓自己遭遇如此窘境。

如果能克服這個課題，那麼有天或許會發生「為何偏偏是我」這句話的含意在自己心中居然扭轉了，由壞變好由劣變優，聽起來或許好像很神奇，但卻是很可能發生的事。

因為「為何偏偏是我中選」跟「為何偏偏是我落選」雖然只差一個字，但卻是完全不一樣的人生，前者可能從此一帆風順而後者卻可能從此一蹶不振，差異之大由此可見，但看自己願不願去面對而已。

死不承認

文：君靈鈴

　　相信大多數人都有過遇事死不承認是自己所為的經驗，原因很多，有時候是因為害怕恐懼，也有是因為惱羞成怒等等。

　　但不管原因為何，死不承認事情是自己所為可能帶來的後果也分為很多種，有可能無傷大雅，也可能影響甚遠甚至抱憾終生，阿蒼就是一個後者很血淋淋的例子。

　　想當年他年少得志，身邊女友一個換個一個，最後看似定下來的他身邊的那位懷了孕，可就在這時阿蒼的事業出現了空前的危機，他幾乎是在短短時間內一無所有。

　　本來嘛，其實這樣的情況也不讓人意外，因為阿蒼的事業不算走正規路線，但令人搖頭的是眼看在家鄉混不下去的他決定出走，而懷孕的女友想跟著走卻得來他一句「我不認為孩子是我的」這樣的話。

　　最後他走的瀟灑，留下心碎的女友獨自啃食傷心，但誰也沒想到，離開家鄉將事業做的風生水起的阿蒼過了十幾年之後卻再度遇到堪比當年王國頹倒的窘境，而等他落寞的回到家鄉才發現，家鄉是家鄉，但家卻已經不知道在哪裡。

　　這時已年過半百的阿蒼忽然發現自己內心非常渴望親情，但曾經可以擁有的天倫之樂已在多年前被他親手摧毀，現在才要尋卻已經物是人非尋不回了。

　　事情到了這個地步阿蒼自然非常後悔，他後悔自己當初的死不承認，也後悔自己的無情無義，只是很多時候後悔並不能帶來什麼改變，只會被無盡的愁緒與孤寂環抱而已。

態度

文：君靈鈴

輕談淺唱

現代人已經很習慣在要做某件事或去某間商店前先在網路上搜尋資料，而在如今網路世界如此發達的時刻，網路評價似乎成為了一種很指標性的代表。

就像有些人可能要去某間店吃飯，因為不熟悉所以先搜尋卻發現店面評價不佳，撇除因為餐點難吃或是環境因素導致之外，服務人員的態度也成為影響客人訪店一個很重要的因素。

畢竟每個人都不想花錢了還找罪受，也覺得自己若是吃頓飯還得遭受不好的態度對待，根本是一種對自己的折磨，就算餐點再好吃，但倘若在服務態度上感受不到善意而是只有敷衍或不屑，那麼再度訪店的機率就可稱是微乎其微了。

所以人在對「態度」上的自我要求，說實話應該要有一定的標準，雖說不可能每天笑臉迎人，但至少不該把自己內心的不愉快撒在不相關的人身上。

而換個方式來談態度的話，在人生道路上用什麼態度對待自己的人生，也是一門很高深的學問，而這門學問研習的時間是永無止盡的，功力的高深通常也反映在人生路是否走的越來越順暢。

如果用消極的態度去面對一切，那得來的結果可能就只是原本預期的一半甚至不到，但如果改變態度全力以赴，在這樣的情況下，就算沒有達成自己百分之百的目標，可至少也能拿到八成的勝利。

「態度」有多重要，相信懂的人都懂，至於不想花時間花心思懂的人或許就會在不順的海洋中浮浮沉沉，卻一直都不知道，其實要上岸並不難，答案就是「態度」二字而已。

職業道德

文：君靈鈴

對於「職業道德」這四個字，可能很多人對它的定義都不相同。

有的人覺得不遲到、不早退，就是有職業道德，也有人認為把分內的事情做好才算有職業道德，但也有人說必須一切都做到最好，且還能去幫助同事才是職業道德的最高準則。

以上說法其實都能說對，但也無法得到所有人的認同，因為每個人對待事物的態度不一且性格也不一，所以在職業道德這一塊上，到底是如何才符合標準，相信此問題只要一出，肯定眾人意見會如雪片般飛來。

那麼就先撇除這些，轉而來說說「沒有」職業道德是什麼樣的情況。

1.在公司規定的時間沒有出現，卻在公司規定的下班時間前消失。

2.分內的工作都不做，成天只是在座位上發呆。

3.主管交付的任務隨意敷衍，甚至丟給同事。

4.成天說大話卻一件事也沒做好。

5.隨意將公司不可外洩的機密與無關之人當成茶餘飯後的話題。

6.族繁不及備載

職業道德

　　其實我們可以發現，要遵守最「基本」的職業道德其實不難，但偏偏有很多人在這一塊大喊著「做不到」，而做不到的理由又有百百種，各種推託各種藉口，然後又瘋狂抱怨自己不受上天及主管青睞，才會一直在小職位打轉沒有辦法平步青雲。

　　連一點點都不想付出又怎會有收穫？

　　而話又說回來，如果並不想步步登天只想安穩度日，那也必須遵守基本的職業道德，要不哪一天公司整頓時，倒楣的是誰相信不用明說也很清楚了。

輕談淺唱

君靈鈴

以退為進

文：君靈鈴

　　大概很多在人生道路上經歷過很多事的人都知道，有時候「以退為進」才是處理事情最好的方式，一昧地爭奪不肯退讓只會讓事情變糟。

　　但這個方式曾經也被很多人質疑，畢竟在事情發生的當下，倘若不力爭，反而悶不吭聲，是否就此會讓自己的權益受損。

　　是的，這個猜測是成立的，所以「以退為進」並不適用在每個事件中，有些事的確如果不在第一時間出聲就會吃大虧，但有些事卻是在第一時間退一步，一切反而會往好的方向發展。

　　就拿小陳的事件來說吧，他跟前輩一起做一個案子，但到了收穫日明明此案幾乎全部都是小陳的心血結晶，但前輩卻把功勞全部攬自己身上，通常這種時候有些人大抵就會按耐不住脾氣，直接發飆或是丟下一句「老子不幹了」之類的話，然後拂袖而去，但小陳沒有。

　　他穩住自己沉住氣，就站在旁邊微笑不語，任由前輩去吹牛瞎扯，且直到最後他都沒有表明此案幾乎是自己獨力完成，反而在前輩拍拍他的肩說他還需要多學習的時候，帶著恭敬的態度說著請前輩多指導。

　　像這類事件在他人眼中一定會很為小陳抱不平，但小陳倒是不甚在乎，因為他知道在職場上這種事是常態，不是第一時間為自己出頭就是件對的事，反而該以退為進，先把面子給對方，而通常過不久後，對方自然會因為當初的吹牛皮而出糗。

　　所以有時候「以退為進」並不是件壞事，說不定還會有意外的收穫，例如人緣人和，而在職場上某些要點是相當重要、且不該被忽略的一環。

君靈鈴

不懂裝懂

文：君靈鈴

　　做生意講求「誠信」二字，不管是老闆本身還是員工都應該有這種觀念，否則想事業可以千秋萬世肯定會有難度。

　　不過當然也有不按照這個邏輯走的人，覺得只要過得去就好，只要這回能蒙混過關就好，在客人面前就算不懂也要把話說滿，裝成一副自己什麼都懂、就眼前的客人什麼都不懂的樣子，好讓客人以為他真的很厲害，孰不知只要遇到識貨的客戶就露出馬腳。

　　但更糟糕的是這類人還不懂都已經被拆穿是個不懂的人了，就應該趕緊誠摯的道歉然後趕快把事情解決，只是想著自己應該用另一套更不合邏輯的說法將事情掩蓋過去，總之似乎是非得把客人惹發火才甘休。

　　像這般不懂裝懂又毫無誠信，只想著敷衍了事的經商態度著實非常不可取，而且也培養不了對店家忠實的顧客，因為很多人都是嘴上不說，但心裡會想著「這家店這麼糟，我絕對不來第二次」，這樣的結果在經營上來說是一種很大的傷害及損失。

　　失去的不只顧客還有商譽，因為有些人吃了悶虧在店家面前不說，但在其他人面前可就侃侃而談了，而在人類社會慣性的一種一傳十十傳百的效應之下，商店是免費被做宣傳了，但卻是壞到不行的效果，說真的，何必呢？

　　倒不如用心好好服務每一位顧客，在營利的同時也贏得顧客的心，如此一來在人傳人的效應中就會得到意想不到的好效果，迎來一個生意興隆、門庭若市的好結果。

君靈鈴

念念不忘

文：君靈鈴

輕談淺唱

　　人的一生中，存在著多少個人事物讓人念念不忘？

　　說來也有趣，因為是因人而異，可能有些人數量多到自己也數不過來，有些人卻是瀟灑一撥髮說自己活的帥氣並不對任何人事物有眷戀。

　　不過人終究是情感豐富的動物，一些引起情緒的人事物總會一直掛懷在心，好人好事壞人壞事，常常一記就是一輩子。

　　對某些人而言，情感上的創傷恐怕就是這輩子的死穴，雖不至於到「一朝被蛇咬，十年怕草繩」的地步，但再次面對感情時，卻已經失去了最初的憧憬與期待，剩下的只有會不會再次被傷害的猜忌，和那一點點勸自己不要期待過甚的氛圍。

　　最後在愛情路上持續跌跌撞撞，沒有任何收獲也就罷了，腦海中剩下的依舊是那段痛徹心扉的愛情，依舊念念不忘。

　　然後在歲月慢慢流逝之後，才發現自己的念念不忘不但沒有任何意義，而且還因此耽誤了自己。

　　雖然可能此時此刻過的也不錯，但總會想著如果當初自己再放開一點，不要對不需要念念不忘的事掛懷那麼久，那或許現在的人生會更完美一點，結果這樣想著想著，又成了另一個念念不忘。

　　結果這一生就在這種循環中結束，可能到走的那一天還唸叨著自己應該健忘一點，對自己的心好一點，這個人生就會更幸福一點。

　　但是何必要等到那一天才真正覺悟呢？

　　有些人事物我們的確需要一輩子記在心裡，但有些人事物則是應該逝去就忘記，讓自己活的快活自在一些才是對自己好的方式。

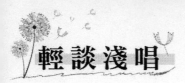

輕談淺唱

僥倖

文：君靈鈴

　　為什麼老一輩的人常常會語重心長把「不要心存僥倖」這句話掛在嘴上，其實是有一定道理的，因為他們看過太多人在這個區塊慘遭滑鐵盧才會如此。

　　就像也有人說「沒有天天過年」這種好事一樣，心存僥倖自認為運氣很好的結果，很可能是在人最猝不及防的時候被施予重擊。

　　尤其在人的健康方面，真的不能心存僥倖，若是本就已經有毛病去就醫，好不容易痊癒後被醫師叮嚀得定時回診，卻因為覺得反正好了就沒事了這種僥倖心態而忽略醫師的叮嚀，結果很可能就是疾病再一次復發，而且症狀說不定還比第一次更嚴重更讓人難以接受。

　　又或是在職場成天總想著要偷懶，以為自己偷懶已經悟出一套萬無一失的招數，孰不知早已有人看不過去暗中觀察蒐證，等著哪天一腳踹飛眼中那位薪水小偷。

　　還有男女之間如果無法對彼此忠誠，本該是兩人的世界成了三人甚至四人，而肇事者卻樂在其中心存僥倖，覺得只要自己時間分配得當就不會有被揭穿的一天，但通常都是本人想的完美，可事情並不按照此人所想的那般發展，最後就是抓姦在床場面難看。

　　總之僥倖心態不可取的原因就是因為到最後幾乎都會演變成不好的結果，所以在對待任何事的態度上，請不要將「僥倖」這個成分加入攪拌，要不總有一天這鍋粥會因為那個僥倖成分而整鍋得倒掉，那就後悔也來不及了。

君靈鈴

不自量力

文：君靈鈴

　　人需要對自己有自信這個觀念是正確的，但對自己「過度」有自信就不是一件好事了，因為這樣的情況就不叫對自己有自信，而是已經昇華到「自我膨脹」或「自以為是」的境界，例如小花。

　　小花是間大公司的員工，本身實力普普，卻對自己非常有自信，這歸功於她剛進公司時上司對於她的表現給予了還不錯的評語，從此她就飛了，常常得理不饒人以為自己很了不起，導致漸漸忘了自己是誰，自我膨脹的程度瞬間衝到頂點，以為自己真的成了號令天下的王，卻不知道自己現在高高在上、自以為是的態度會產生什麼不好的影響。

　　當然，如果本身實力很嚇人很威，那麼或許還有點拿翹的本錢，但倘若只是自以為的很厲害，那被打臉的那一天很快到來也不該意外，因為外強中乾的型態終究不是一道穩固的牆，可以承受風吹雨打屹立不搖。

　　當人自以為是而在外人看來什麼都不是的時候，其實就是這個人此生最糟的時刻之一，因為把自己擺在雲端上的這個人看不清雲底下那些人的嘲諷與譏笑，把自己當神的結果就是一個沒踩穩就直接高速摔下，當場摔成一攤爛泥。

　　雖然可能不至萬劫不復的地步，但是想再重新來過卻是難上加難，因為姿態可能要擺的比別人更低，甚至承受人們背後的議論與嗤笑，但這卻怨不得誰，

因為自己前頭種的「因」，後頭得來這種「果」自然是
得自己默默承受。

　　就像小花，不自量力的結果就是工作沒了，沒有
實力只有一張囂張至極的嘴巴的她，最後終於知道為
什麼有些沉默寡言也不爭不搶的人，升遷跟坐雲霄飛
車一樣快。

　　因為這些人有實力，而不是不自量力還囂張至極。

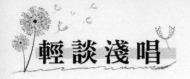

既來之，則安之

文：君靈鈴

　　一句似乎很簡單的話，但實際做起來卻困難度很大？

　　對某些人來說，「既來之，則安之」或許就是這類型的話語，而這句話也可以應用在很多方面，不光是去往何處，也可以應用在人際關係等多方面。

　　而通常會對執行這句話有困難者，大多都是疑心病過重、喜歡自己嚇自己那種類型的人，當然人有基本的戒心是對的，但太過疑神疑鬼就不是件好事了。

　　雖說現代社會不比以前純樸單純，但倒也不需要搞得自己杯弓蛇影，看到黑影就覺得有人要朝自己開槍，繼而自己先拔出槍，卻在這樣的行為中傷害了原本很真心與之交往的朋友，也破壞了自己的人際關係。

　　所謂的「既來之，則安之」，其實也不是勸人什麼都不管，一路佛心到底就想著一切都有上天安排，畢竟這個世界有很多事需要靠自己去爭取去努力，但在這些事的背後，還是得存有一顆人性最基本的信任之心。

　　除非感覺到對方發出的敵意，否則還是應該保持基本的禮貌與修養，這才是體現人之根本的最佳之道。

　　但是似乎某些人不懂這樣的道理，揪著一件又一件無中生有或是極小的事件不放，那顆老是懷疑別人的心就是無法安定下來，卻不知道自己這樣的行為根本是百害而無一利，只是累死自己而已。

　　有時候真該放寬心一些，試著多信任別人一些，尤其對方如果是自己已經精挑細選的對象，那又何必在決定信任對方後又開始疑神疑鬼？

　　如此一來豈不顯得自己相當可笑？

　　所以說，既來之，則安之，給自己一個喘息的空間吧。

國家圖書館出版品預行編目資料

輕談淺唱 / 李維、汶莎、倪小恩、君靈鈴　合著
—初版—
臺中市：天空數位圖書　2022.05
面：14.8*21 公分
ISBN：978-626-7161-01-2（平裝）
863.55　　　　　　　　　　　111008218

書　　　名：輕談淺唱
發 行 人：蔡輝振
出 版 者：天空數位圖書有限公司
作　　　者：李維、汶莎、倪小恩、君靈鈴
編　　　審：亦臻有限公司
製 作 公 司：艾輝有限公司
美 工 設 計：設計組
版 面 編 輯：採編組
出 版 日 期：2022 年 5 月（初版）
銀 行 名 稱：合作金庫銀行南台中分行
銀 行 帳 戶：天空數位圖書有限公司
銀 行 帳 號：006—1070717811498
郵 政 帳 戶：天空數位圖書有限公司
劃 撥 帳 號：22670142
定　　　價：新台幣 340 元整
電子書發明專利第 Ｉ 306564 號

服務項目：個人著作、學位論文、學報期刊等出版印刷及DVD製作
影片拍攝、網站建置與代管、系統資料庫設計、個人企業形象包裝與行銷
影音教學與技能檢定系統建置、多媒體設計、電子書製作及客製化等
TEL　：(04)22623893　　　　MOB：0900602919
FAX　：(04)22623863
E-mail：familysky@familysky.com.tw
Https ://www.familysky.com.tw/
地　　址：台中市南區忠明南路 787 號 30 樓國王大樓
No.787-30, Zhongming S. Rd., South District, Taichung City 402, Taiwan (R.O.C.)